# SOMMAIRE

# LISTE des ressources

à découvrir sur l'application **Nathan Live !**
ou à télécharger sur **mission-grand-oral.nathan.fr**

Des ressources supplémentaires signalées par ce picto (Nathan live!)

## VIDÉOS

- Présentation commentée du Grand oral
- Votre préparation de l'exposé vous mettra en confiance
- Choisissez deux questions qui vous intéressent
- Comment formuler vos deux questions
- Prévoyez un support à montrer au jury
- Montrez au jury que vous avez travaillé
- Dédramatisez la prise de parole en public
- Entraînez-vous à la prise de parole en public
- Engagez-vous et dites *Je*
- Adressez-vous au jury
- Faites une bonne première impression
- Variez votre manière de parler
- Faites des pauses
- Bafouillements et tics de langage
- Le non verbal 1 - Votre sourire
- Le non verbal 2 - Votre regard
- Le non verbal 3 - Vos mains parlent
- Le non verbal 4 - Les gestes parasites
- Debout pendant l'exposé
- Exercice : *Et si vous étiez un... ou une...*
- Exercices amusants de prononciation
- Exercices simples pour varier votre manière de parler
- Exercices de prise de parole
- Exercice : *Et si vous parliez de vous ?*
- Respectez la règle des dix minutes
- Annoncez votre conclusion et réussissez votre sortie
- Comment choisir un sujet ?
- Assis(e) pendant la discussion
- Comment vous entraîner au Grand oral
- Votre « check-list » la veille du Grand oral

## PODCASTS

- Exercices sur la discussion du Grand oral
- Exercices sur la diction
- Exercices sur le non verbal
- Exercices sur l'orientation
- Résumés des exposés oraux de tous les sujets complets

## SITES INTERNET

- Tous les sites Internet cités dans les pages de ce livre sont accessibles directement *via* **Nathan Live !**

## Et aussi...

→ **Toutes les pages « À vous de jouer »** à imprimer et à compléter
→ **Les exemples de supports** à imprimer
→ **Des exemples supplémentaires** de questions possibles
→ **Des exemples de réponses** aux questions du jury

## L'appli Nathan live! Comment y accéder ?

1. **Téléchargez l'application gratuite Nathan live** disponible sur tous les stores sur votre smartphone ou votre tablette
   Google Play | App Store
2. **Flashez** les pages de l'ouvrage en plaçant votre appareil au-dessus de la page.
3. **Accédez** directement à la ressource disponible !

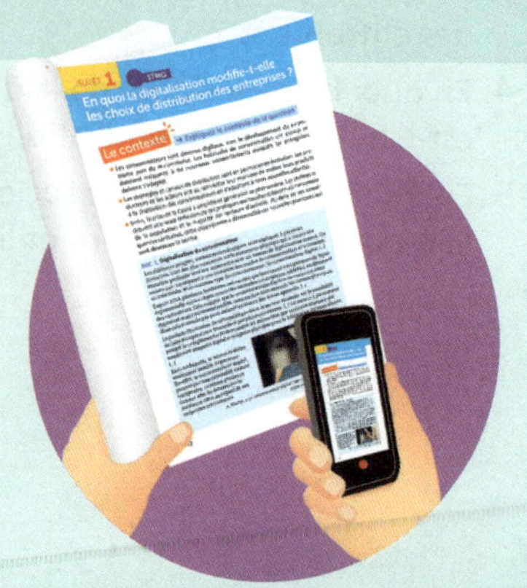

Collection dirigée par **Olivier JAOUI** et **Nicolas COPPENS**

# → mission GRAND ORAL

BAC Techno

STMG

conforme aux nouvelles instructions du BAC


**Olivier JAOUI**
Expert de la prise de parole en public et des entretiens
Intervenant dans les lycées pour la préparation au Grand oral
Fondateur de Mission-Admission.fr

**Nicolas COPPENS**
Professeur agrégé et docteur en didactique
Formateur dans les lycées pour le Grand oral

**Arnaud CECCARELLI**
Professeur d'économie et de gestion


**Attention !**

*Les modalités du Grand oral évoluent assez souvent. Grâce à ce QR code, soyez informé(e) des dernières nouveautés concernant cet examen.*

Nathan

## Crédits photographiques

**13 :** ISTOCK/LanaStock ; **84 :** ANDIA/Jarry S. ; **93 :** Le Bon Coin, 2018 ; **94 :** Nomadeis, 2014 ; **100 :** Agence Moonloght, 2020 ; **103 :** Groupe FC, 2021 ; **104 :** La Super Agence, 2021.

Les autres photographies viennent de Shutterstock.

**Direction éditoriale :** Raphaëlle Mourey

**Coordination éditoriale et édition :** Géraldine de Saint Palais, Julie Langlais, Nicolas Waszak, Cindy Savin

**Conception graphique intérieure et couverture :** Élise Launay

**Composition :** Fabienne Grain

**Schémas :** Coredoc

**Illustrations :** Vincent Bergier

**Fabrication :** Frédéric Bouly

Les éditions Nathan et les auteurs remercient Jérôme Bénilouz pour les podcasts d'exercices et Avi Jaoui pour sa relecture attentive.

Nous remercions également, pour la réalisation des supports : Cindy, Guillaume, Simon, Stéphane et Pauline.

# MODE D'EMPLOI

## › Comment ce livre va vous aider à réussir votre Grand oral

Pour chaque **étape** de votre préparation, vous trouverez des **conseils simples** et **efficaces**, accompagnés systématiquement d'**exemples dans différentes spécialités**.

## PARTIE 1

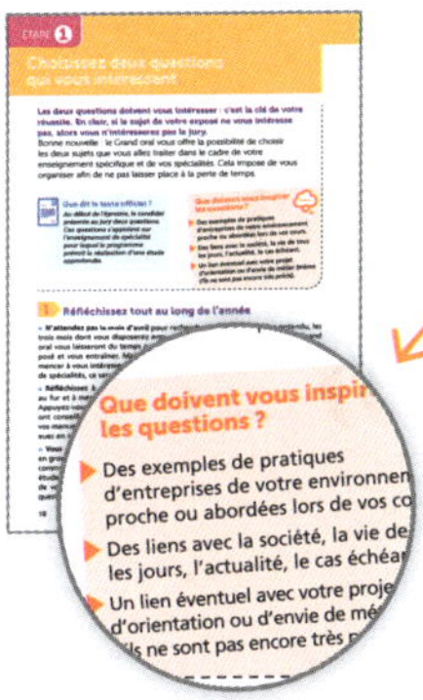


Beaucoup de **conseils pratiques**, des **astuces** pour **choisir ses questions**, préparer son **exposé** et anticiper la **discussion** avec le jury

Avec des exemples de **questions** dans différentes spécialités

Des pages pour vous **exercer**

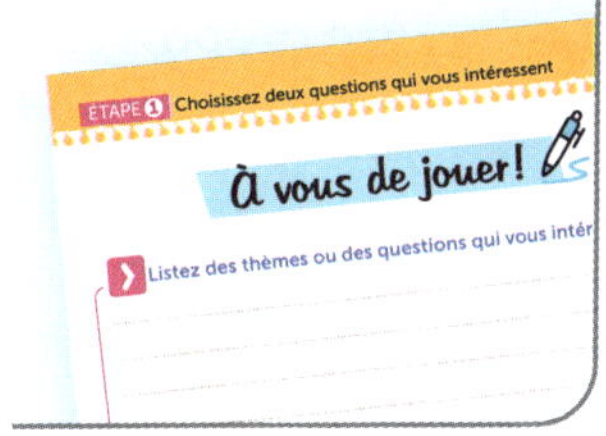


## PARTIE 2

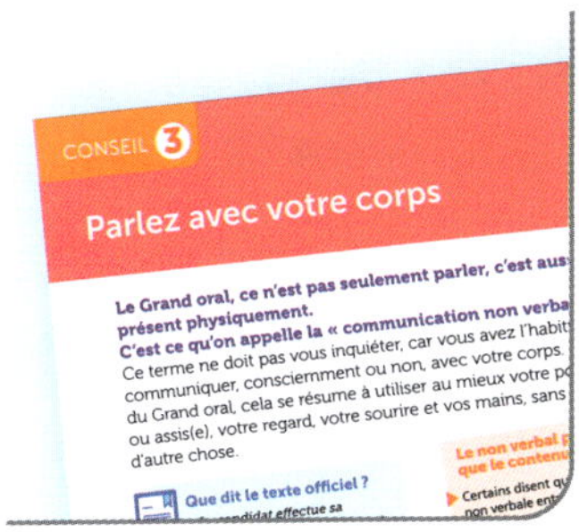


Des **conseils** pour vous mettre en **confiance** et vous entraîner aux **techniques de l'oral**

Des **exercices simples** et **progressifs** pour vous entraîner pour le **jour J**

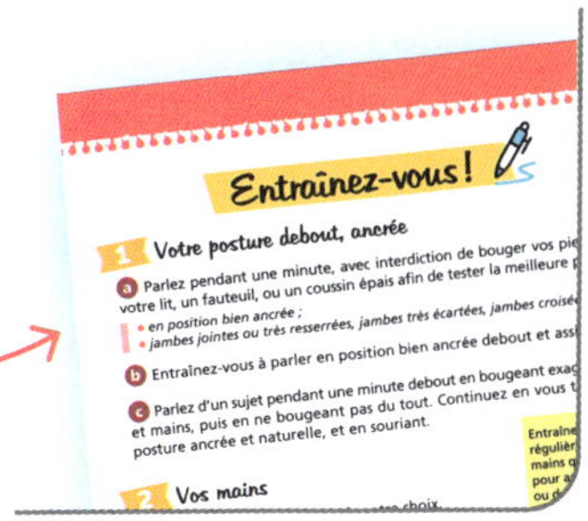


## PARTIE 3

Le **podcast** de chaque sujet sur Nathan Live !

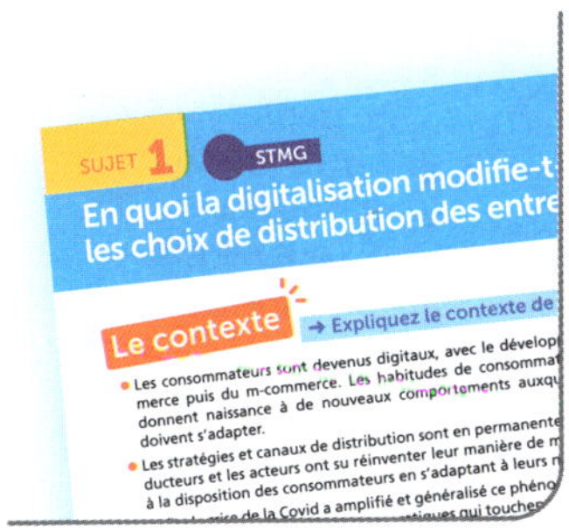


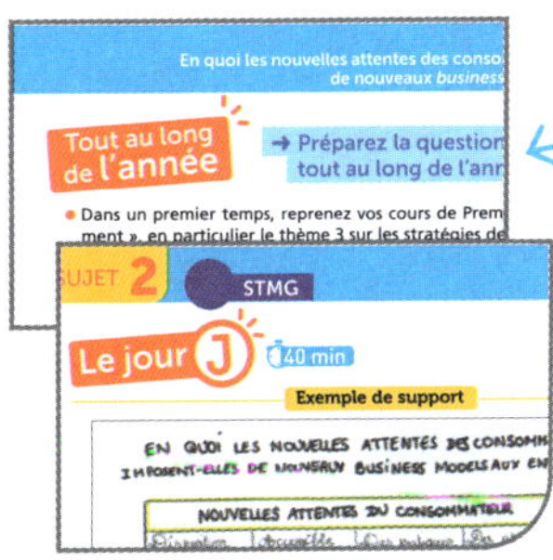


- Des modèles de **questions rédigées** et **commentées** pour bien vous préparer **toute l'année** et assurer **le jour J**
- Avec **des ressources, des supports, des exposés oraux commentés et des exemples de questions du jury**

# Comment se déroule l'épreuve

## Notation

Bac technologique coef. 14

Le jury valorise la solidité de vos connaissances, votre capacité à argumenter et à relier les savoirs, votre esprit critique, la précision de votre expression, la clarté de votre propos, votre engagement dans la parole, votre force de conviction.

### LES 5 CRITÈRES D'ÉVALUATION

- Qualité de l'épreuve orale
- Qualité de la prise de parole en continu
- Qualité des connaissances
- Qualité de l'interaction
- Qualité et construction de l'argumentation

Nathan live!

+ Grille d'évaluation indicative à télécharger sur Nathan Live !

## Au cours de l'année

### Choisissez et préparez vos questions

Vous devez choisir deux questions portant sur votre spécialité MSDGN de manière transversale autant sur l'enseignement spécifique que le tronc commun.

Toute l'année, vous préparez ces questions avec vos professeurs et vous anticipez la discussion avec le jury.

### Entraînez-vous aux techniques de l'oral

Vous devez travailler la prise de parole en public grâce à des exercices d'élocution, de débit de la parole, de votre rythme à l'oral… Vous pouvez également travailler votre posture : gestes expressifs, regards, sourires…

# Le jour J en 2 temps

## 1er TEMPS
## Présentation d'une question

Vous proposez vos deux questions au jury

**Le jury en choisit une seule, que vous devrez présenter**

### TEMPS DE PRÉPARATION — 20 min

- Vous préparez votre présentation en fonction de la question choisie par le jury. Il est possible de préparer un support que vous pourrez montrer au jury : le support est facultatif, mais il peut vous être très utile pour améliorer votre présentation.

### PRÉSENTATION — 10 min

- Présentation orale, debout, de votre réponse à la question choisie.
- Durant l'exposé, vous pouvez vous appuyer sur les notes rédigées durant le temps de préparation.

## 2e TEMPS
## Échange avec le jury sur l'exposé oral

10 min

- Il s'agit d'approfondir votre travail et de répondre à des questions autour de votre exposé.
- Le jury peut vous poser des questions sur toutes les parties du programme du cycle terminal de vos deux spécialités.
- Vous pouvez écrire ou dessiner au tableau si vous le souhaitez.

**Attention !**

*Les modalités du Grand oral évoluent assez souvent. Grâce à ce QR code, soyez informé(e) des dernières nouveautés concernant cet examen.*

# PARTIE 1

# PRÉPAREZ VOS QUESTIONS ET LA DISCUSSION

ÉTAPE 1

# Choisissez deux questions qui vous intéressent

**Les deux questions doivent vous intéresser : c'est la clé de votre réussite. En clair, si le sujet de votre exposé ne vous intéresse pas, alors vous n'intéresserez pas le jury.**
Bonne nouvelle : le Grand oral vous offre la possibilité de choisir les deux sujets que vous allez traiter dans le cadre de votre enseignement spécifique et de vos spécialités. Cela impose de vous organiser afin de ne pas laisser place à la perte de temps.

**Que dit le texte officiel ?**

*Au début de l'épreuve, le candidat présente au jury deux questions. Ces questions s'appuient sur l'enseignement de spécialité pour lequel le programme prévoit la réalisation d'une étude approfondie.*

**Que doivent vous inspirer les questions ?**

- Des exemples de pratiques d'entreprises de votre environnement proche ou abordées lors de vos cours.
- Des liens avec la société, la vie de tous les jours, l'actualité, le cas échéant.
- Un lien éventuel avec votre projet d'orientation ou d'envie de métier (même s'ils ne sont pas encore très précis).

## 1 Réfléchissez tout au long de l'année

- **Commencez à réfléchir à vos deux questions,** si possible dès la Toussaint et absolument à partir du mois de janvier. Vous passerez le Grand oral peu après les épreuves écrites de spécialité et vous n'aurez pas le temps de finaliser vos deux exposés de 10 min en même temps que vos dernières révisions. Il vous faudra aussi du temps pour les mémoriser.
- **Réfléchissez à des questions qui vous intéressent** au fur et à mesure de l'étude des chapitres en classe. Appuyez-vous sur les thèmes que vos professeurs vous ont conseillés en classe, sur les exemples fournis par vos manuels ou ce livre, ou sur des idées que vous avez eues en relation avec le programme.
- **Vous allez réaliser une étude approfondie,** seul ou en groupe, dans le cadre de la spécialité MSDGN (tronc commun ou enseignement spécifique). Le rôle de cette étude est de vous donner du recul sur une entreprise de votre choix et de vous aider à faire émerger les questions que vous soutiendrez lors du Grand oral.

**N'oubliez pas les transversalités**

Chaque question doit porter en même temps sur le programme de l'enseignement spécifique et sur le programme du tronc commun de la spécialité MSDGN.

Feuilletez par avance vos manuels de spécialité pour prendre connaissance des grands thèmes qui seront développés et avoir déjà en tête ceux qui vous intéressent le plus.

- **Notez systématiquement les questions qui vous intéressent** à chaque fin de chapitre, dites-vous : « *ça m'a plu* », « *ça m'intéresse* », « *je le garde, je déciderai plus tard* ». Listez vos questions → p. 12

## 2 Anticipez le contenu de vos exposés

- **Assurez-vous que vous aurez « de quoi dire »** sur le sujet ; pour cela, discutez-en avec d'autres élèves, vos professeurs ou autour de vous.
- **Pour commencer à creuser le sujet,** posez-vous les questions classiques autour du sujet : « qui, quoi / de quoi, qui, comment, combien, où, quand, pourquoi, etc. ». Sachez expliquer l'intérêt de vos questions → p. 13
- Il ne s'agit pas seulement d'exposer ou d'expliquer, mais aussi de **convaincre,** dans la mesure du possible.

> • Ne vous compliquez pas la vie : vous avez le droit de choisir des questions simples, mais ne choisissez pas un sujet trop vaste, ni trop pointu, ni trop « plat ».
> • Il est possible qu'une nouvelle idée en efface une autre… petit à petit votre choix s'affine !

- Afin d'envisager les différents aspects du sujet, vous pouvez aussi **réaliser un schéma** ou une ébauche de **carte mentale** ou **« vous mettre à la place de quelqu'un »** : plus jeune, plus âgé(e), plus ou moins optimiste, réaliste, idéaliste, critique… ou même habitant(e) d'un autre pays ou d'une autre époque.
- **Notez pour chaque idée de question,** en au moins trois points, pourquoi elle vous intéresse.
- Suivez son éventuelle **actualité.**

## 3 Pensez aux consignes du Grand oral

- Nous vous recommandons de présenter vos questions **sous forme interrogative** (donc avec un point d'interrogation). Cela vous permet (et vous impose) de définir un **angle** qui vous servira de **fil conducteur.** Étape 2 → p. 16
- Il faudra **valider le(s) thème(s)** choisi(s) et la **formulation** de la question avec vos professeurs de spécialité(s). Assurez-vous aussi qu'elle a un lien avec les programmes de l'enseignement spécifique et MSDGN /tronc commun.
- **Demandez-vous s'il est réaliste d'y répondre en 10 minutes** (votre exposé ne doit être ni trop court, ni trop long).
- La question traitée peut, sans obligation, avoir un lien avec « la maturation » de votre **projet de poursuite d'études,** voire de votre **projet professionnel ou pourquoi pas être en lien avec une de vos activités extra-scolaires.**

**LES POINTS-CLÉS *de cette étape***

- ✓ Pensez à vos questions tout au long de l'année.
- ✓ Créez un dossier ou un fichier que vous alimenterez régulièrement.
- ✓ Choisissez des questions qui vous intéressent vraiment et qui peuvent intéresser le jury.
- ✓ Prenez en compte les consignes officielles.

## → Listez vos questions

### MSDGN / MERCATIQUE

- En quoi la digitalisation modifie-t-elle les choix de distribution des entreprises ?
- En quoi les nouvelles attentes des consommateurs imposent-elles de nouveaux *business model* aux entreprises ?
- Comment la digitalisation de la relation client permet-elle de favoriser la fidélisation ?
- En quoi la communication numérique permet-elle de mettre en avant l'offre globale de l'entreprise ?
- En quoi la transparence influence-t-elle la communication des entreprises ?
- Comment les nouveaux comportements des consommateurs influencent-ils l'offre globale des entreprises ?
- En quoi la stratégie omnicanale permet-elle de s'adapter aux évolutions de l'environnement des entreprises ?

> En commençant vos questions par « Comment » ou « En quoi », **la réponse sera argumentée et riche**.

### MSDGN / RHC

- Comment l'amélioration de la QVT est-elle source de motivation ?
- Comment la communication sur la marque employeur permet-elle de favoriser la cohésion ?
- Comment le recrutement peut-il répondre au besoin en compétences des organisations ?
- Comment les transformations numériques peuvent-elles répondre au besoin de recrutement ?
- En quoi le style de direction joue-t-il un rôle sur les conditions de vie au travail ?
- La rémunération individuelle permet-elle de favoriser la motivation ?
- Comment la marque employeur participe-t-elle à la cohésion de l'organisation ?

> La majorité des questions fermées ne peuvent pas se résumer à une réponse par « oui » ou par « non ». Il faudra en **aborder les limites ou des critiques**.

### MSDGN / GF

- En quoi la responsabilité environnementale et sociétale influence-t-elle les pratiques comptables ?
- Comment les technologies numériques permettent-elles à l'entreprise de maintenir sa profitabilité ?
- Dans quelle mesure l'analyse des coûts améliore-t-elle la prise de décision ?
- L'analyse des documents de synthèse permet-elle de fournir une communication financière complète ?

> Les questions commençant par « Dans quelle mesure » impliquent **d'aborder le pour et le contre** d'un sujet ou d'une notion.

## → Sachez expliquer l'intérêt de vos questions

### MSDGN / MERCATIQUE

**En quoi la digitalisation modifie-t-elle les choix de distribution des entreprises ?**

**1. Décrivez le contexte de la question**

Cette question est **d'actualité** car **la digitalisation progresse** et ne cesse de modifier nos pratiques. Les entreprises utilisent les outils digitaux pour satisfaire les attentes des clients. La crise de la Covid est venue accélérer ce phénomène.

**2. Établissez son lien avec le programme**

La question touche la **distribution**, thème 2 du programme de mercatique, et **les transformations numériques**, qui sont au programme de MSDGN.

**3. Mobilisez les théories et trouvez des prolongements possibles**

- Cette question fait référence aux **canaux** et aux **stratégies de distribution** ainsi qu'aux **pratiques** et **attentes** des consommateurs.
- Elle permet de prolonger la réflexion sur les conséquences de ces phénomènes comme leur **impact environnemental** ou encore les **nouvelles relations de travail qui en découlent**.

### MSDGN / RHC

**Comment l'amélioration de la qualité de vie au travail (QVT) est-elle source de motivation ?**

**1. Décrivez le contexte de la question**

La motivation au travail est en net recul en France sous l'effet de différents facteurs. Parallèlement, une **nouvelle approche plus globale des conditions de travail** tente d'y apporter des solutions. En effet, la QVT tente d'améliorer toutes les relations entre le salarié et son travail.

**2. Établissez son lien avec le programme**

La notion de QVT est au programme de RHC alors que « **Les attentes des acteurs de l'organisation** » et « **Fédérer les acteurs** » sont dans le thème 2 du programme de MSDGN.

**3. Mobilisez les théories et trouvez des prolongements possibles**

- Cette question mobilise les différentes composantes de la QVT mais aussi les **facteurs internes et externes de motivation.**
- Elle permet aussi de prolonger la discussion sur les limites de la QVT et d'aborder le ***greenwashing***, par exemple.

# À vous de jouer !

**›** Listez des thèmes ou des questions qui vous intéressent.

..................................................

..................................................

..................................................

..................................................

..................................................

..................................................

**›** Choisissez un thème ou une question pour vous entraîner.

..................................................

..................................................

## 1 Expliquez l'intérêt de la question

Notez en trois points précis pourquoi le thème / la question vous intéresse.

1. ..................................................

..................................................

2. ..................................................

..................................................

3. ..................................................

..................................................

Reliez ce thème / cette question à une éventuelle actualité, à la « société », à la vie de tous les jours, à un exemple personnel.

..................................................

..................................................

..................................................

## 2 Faites le lien avec le programme

**À quelle(s) partie(s) des programmes des matières technologiques de 1re et/ou de Term est-ce lié ?**

.......................................................................................................................................................

.......................................................................................................................................................

## 3 Commencez votre réflexion

**Notez « en vrac » les idées, les mots-clés qui vous viennent à l'esprit à propos de ce thème / cette question, en vous posant les questions *« en quoi, de quoi, qui, comment, combien, où, quand, pourquoi... ? »*.**

.......................................................................................................................................................

.......................................................................................................................................................

.......................................................................................................................................................

.......................................................................................................................................................

**Pour exploiter le thème ou la question, reliez-les à :**

- des exemples personnels, concrets, factuels (faits, chiffres, constats), issus de l'actualité, etc. :

.......................................................................................................................................................

.......................................................................................................................................................

- des premières idées de sources et de recherches : ..........................................

.......................................................................................................................................................

- des types d'arguments : .......................................................................................

.......................................................................................................

.......................................................................................................

- éventuellement des études / métiers / secteurs qui vous intéressent :

.......................................................................................................

.......................................................................................................

Nathan live!

+ Téléchargez et imprimez cette page pour vous entraîner !

# Formulez vos questions

**Comme le disent les journalistes : « Dans l'ordre, on choisit d'abord un sujet puis un angle pour le traiter ».**

**Question de vocabulaire**

- Au lieu du mot « angle », nous aurions pu utiliser le mot « problématique ».
- Votre angle, c'est le regard personnel que vous allez porter sur le sujet.

## 1 Pourquoi formuler votre sujet par une question ?

- Parce que c'est une **exigence** du Grand oral et que votre **angle** ciblera la manière dont vous traiterez votre sujet et vous évitera de vous en éloigner.
- La formulation de la question **orientera le contenu de votre exposé** et sa préparation.
- Votre question doit être **accrocheuse** si possible.

**Accrochez !**

Dès l'annonce de vos deux questions au jury, vous leur donnerez envie de vous interroger. Ne craignez ni l'originalité, ni la personnalisation !

## 2 Comment formuler vos questions ?

Vous êtes libre du choix de la formulation ; les questions possibles sont infinies.

- **Des questionnements courants :** *Qui, Que, Quel / De quoi / En quoi / Comment ? Pourquoi ? Quand / Depuis quand ? Combien ? Où ? Etc.*
- **D'autres exemples** : *Pour ou contre ? Peut-on ? Doit-on ? Dans quelle mesure ? Et si ? Est-il possible de ? Est-il souhaitable de ? Est-il vrai que ? Est-il faux de ? Pour quelles raisons ? Quelles seraient les conséquences ? Quelles sont les causes ? Pourra-t-on un jour ? Est-il réaliste de ? Etc.*
- **Vous pouvez aussi commencer vos questions par** une **citation**, une **anecdote**, un **fait d'actualité**, etc.

**Les bons mots**

- Utilisez des termes conformes au vocabulaire de la spécialité.
- Évitez un vocabulaire trop familier ou imprécis.

**LES POINTS-CLÉS de cette étape**

- ✓ Utilisez une phrase interrogative.
- ✓ Cherchez une formulation accrocheuse et explicite.
- ✓ Concentrez-vous sur l'angle que vous avez choisi.

## → Choisissez votre angle

### MSDGN / MERCATIQUE

- Si vous souhaitez proposer une question portant sur la **distribution des entreprises**, étudiée en Terminale enseignement Mercatique, vous pouvez choisir des **angles différents** :
  - un angle plutôt **psychologique**, en vous concentrant sur la manière dont les attentes du consommateur influencent les outils de distribution des entreprises : « *En quoi les nouveaux comportements des consommateurs influencent-ils les choix de distribution de l'entreprise ?* » ;
  - un angle plus orienté vers la **gestion**, en vous interrogeant sur les moyens de mettre en cohérence la distribution avec les autres composantes du *marketing mix* : « *En quoi la cohérence du marketing mix est-elle nécessaire à la réussite d'une offre ?* » ;
  - un angle de **spécialiste**, en vous concentrant sur un canal de distribution comme le *drive* ou autre : « *En quoi la stratégie omnicanale permet-elle de s'adapter aux évolutions de l'environnement des entreprises ?* »
- D'autres questions sur la même thématique sont moins pertinentes :
  - La question « *Quels sont les outils de distribution omnicanale ?* » est **trop générale** et **descriptive**. Elle ne donne **pas l'opportunité de proposer une réponse intéressante**. Votre exposé sera descriptif et sans grand intérêt si ce n'est réciter un cours. De plus, elle ne propose pas de transversalité claire avec le programme de MSDGN. Privilégiez une question plus précise mettant en relation deux notions pour problématiser votre question, par exemple : « *En quoi les transformations numériques modifient-elles les choix de distribution des entreprises ?* »
  - La question « *Quelles sont les raisons du succès de LVMH ?* » est **trop restrictive**. Il est **déconseillé de se concentrer sur une entreprise en particulier**. La diversité des entreprises et de leurs choix vous permettra de proposer un exposé riche et intéressant si vous évitez ce cas de figure. En revanche, il est possible d'aborder les mêmes thématiques en élargissant un peu votre question et en vous interrogeant sur « *En quoi le secteur du luxe exige-t-il un marketing mix spécifique ?* »

**Gagnez des points !**

La question de la distribution est un thème important du programme de l'enseignement spécifique Mercatique. La période de la Covid a vu l'activité des entreprises fortement impactée, surtout au niveau de la distribution. Vous devez montrer que vous êtes au fait de l'actualité.

## MSDGN / RHC

- Si vous souhaitez proposer une question sur la **motivation** (point du programme central de l'enseignement spécifique RHC également abordé dans le programme de MSDGN en Terminale), vous pouvez choisir plusieurs angles en fonction de vos goûts ou de l'actualité :
  - un angle assez restrictif se focalisant sur la **psychologie des salariés** grâce à la question « *En quoi les évolutions des attentes des salariés imposent-elles de nouveaux leviers de motivation ?* ». Cette question laisse une part importante à l'analyse des transformations numériques, aux attentes des salariés et aux évolutions générationnelles ;
  - un angle fondé sur **un lien de cause à effet** permettant de faire se rejoindre deux notions des programmes de Première et de Terminale. Vous pourriez par exemple proposer la question « *En quoi la motivation influence-t-elle la performance globale de l'entreprise ?* » ;
  - un angle fondé sur **les différences culturelles** en axant votre réflexion sur la notion de motivation dans deux pays significativement différents. La question « *En quoi les approches de la motivation sont-elles différentes entre la France et les États-Unis ?* » démarquera votre exposé de celui des autres candidats mais nécessitera un travail important de recherche sur le contexte américain, qui n'est pas abordé en Terminale.
- D'autres questions sur la même thématique sont quant à elles **moins pertinentes** :
  - La question « *Quels sont les facteurs de motivation ?* » est **trop générale** et restera trop descriptive. Vous devriez plutôt introduire une notion supplémentaire pour développer la question : « *En quoi la rémunération globale peut-elle être un facteur de motivation ?* ». Elle permettra d'exploiter les diverses modalités que permet cet outil.
  - La question « *Les ressources humaines sont-elles un facteur de performance ?* » est **beaucoup trop vague**. Le sujet ne spécifie pas de quel type de performance il s'agit et le terme « ressources humaines » est trop généraliste. Il faudrait beaucoup plus de 10 minutes pour traiter un sujet aussi vaste.

**Astuce**

La motivation est un phénomène humain qui varie en fonction de très nombreux facteurs. Il vous sera impossible de tous les aborder lors de votre exposé de dix minutes. Cependant, il vous appartient d'avoir une connaissance beaucoup plus large pour pouvoir convaincre le jury lors de l'entretien.

# À vous de jouer !

**Explicitez l'angle qui vous semble intéressant à traiter concernant un des thèmes qui vous intéressent :**

..........

..........

..........

## 1 Proposez des formulations

**Recherchez des formulations conformes à l'angle choisi.**

- D'abord en cherchant à utiliser des questionnements courants : *Qui, Que, Quel, De quoi / En quoi / Comment, Pourquoi, Quand / Depuis quand, Combien, Où ? Etc.*

..........

..........

..........

- Puis en recherchant d'autres formulations plus spécifiques à votre angle.

..........

..........

..........

**Utilisez-vous un vocabulaire suffisamment recherché et conforme à la spécialité ?**

☐ OUI ☐ NON

**Si NON, tentez d'améliorer la formulation.**

..........

**Quelles accroches pourriez-vous utiliser pour attiser la curiosité du jury ?**

..........

..........

ÉTAPE 3

# Documentez-vous et exploitez vos sources

**Les 10 minutes du Grand oral et la discussion exigent une véritable préparation. Le jury sera indulgent sur la qualité de votre « prestation » orale, mais il le sera moins sur la qualité de votre préparation.** Vous serez évalué(e) sur vos connaissances et la qualité de votre préparation. Vous ne pourrez pas vous contenter d'un « copier-coller » d'un site, ni de recherches bâclées ou d'une requête ChatGPT !

**Impliquez-vous**

- Vous allez choisir deux questions précises et personnelles, dont vous ne trouverez pas les réponses dans un livre, sur Internet, ou en classe, car ce n'est pas le rôle de vos enseignants de vous fournir des « réponses toutes prêtes ».
- Vos connaissances initiales ne suffiront pas... profitez-en pour en apprendre plus et obtenir une excellente note !

## 1 Que cherchez-vous ?

- **Une fois vos questions choisies, dressez un état des lieux** sincère et synthétique de vos connaissances (sous forme de tableau, de carte mentale, de plan rédigé, de liste de mots, etc.) et des idées de ressources potentielles.
- **Complétez et élargissez vos connaissances** en réalisant des recherches.

Il faudra montrer que vous avez travaillé, cherché, compris, aussi bien lors de votre exposé que sur votre support et lors de la discussion avec le jury.

### a Que devez-vous rechercher ?

- Des **connaissances** et **informations** relatives à vos questions.
- Toute **idée**, tout **argument**, tout **contre-argument**, doit être illustré par un exemple, un fait, des chiffres (sans en abuser), une citation (sans en abuser non plus), un contenu issu du programme, une anecdote, un lien avec la vie quotidienne, etc.

### b Recherchez des opinions / théories divergentes

L'un des objectifs du Grand oral est de montrer votre capacité à convaincre.

- Selon les spécialités et les questions, vous serez confronté(e) à des **sujets de débats** où plusieurs opinions existent. Quelle que soit votre opinion, vous **devrez prendre position**. Vous devez connaître les différentes opinions, puis comparer des sources différentes sur un même sujet.

**Soyez précis**

- N'utilisez jamais de termes que vous ne savez pas définir.
- Dès que vous rencontrez un mot que vous ne connaissez pas, si vous comptez l'utiliser dans votre exposé ou potentiellement durant la discussion, recherchez-en la définition.

- **Vous pouvez délibérément visiter des sites « engagés »**, mais non extrêmes, en essayant de comprendre pourquoi parfois l'information ou les avis divergent. Pensez tout particulièrement à conserver vos sources.

### c Actualisez régulièrement vos connaissances

- Il est possible que vos questions aient un **lien avec l'actualité**.
- **Cherchez régulièrement**, et tout particulièrement avant le Grand oral, des **articles** ou des **informations** à partir des mots-clés de votre thème.
- **Vous marquerez des points** en prouvant ainsi votre intérêt pour la question. À l'inverse, si un membre du jury est informé de l'actualité de votre question mais pas vous, cela fera mauvais effet.
- **Vous pouvez exploiter l'actualité** de votre sujet, dans votre exposé et lors de la discussion. S'il s'agit d'une « grosse actu », n'attendez pas la discussion pour l'évoquer.
- Enfin, vos recherches pourront vous faire **changer d'angle du sujet ou de formulation de la question**. Si cela ne vous arrive pas au dernier moment, ça n'est pas un souci (faites valider votre nouvelle question par le professeur concerné).

> **Soyez à l'affût**
>
> Créez des alertes sur Internet à partir de vos mots-clés afin de recevoir régulièrement des informations ciblées, ou inscrivez-vous à des newsletters de sites que vous jugez pertinents.

## 2 La recherche et les sources

### a Variez les sources

- **Vous disposez de toute l'année de Terminale** : nous vous recommandons d'effectuer de vraies recherches, de varier vos sources et de rechercher à la fois la pertinence et l'originalité.
- **Pour chercher sur Internet, utilisez des mots-clés.** Utilisez d'abord des **mots-clés précis,** directement en rapport avec vos questions (→ Étape 4 p. 28), évitez les termes trop généraux.
- **Testez des mots-clés un peu plus larges** si vous ne trouvez pas assez de résultats pertinents ou si vous voulez trouver des informations un peu différentes.
- **Utilisez aussi des synonymes,** voire des antonymes (contraires / opposés) de vos mots-clés.
- **Utilisez les « opérateurs booléens »** pour vos recherches sur Internet : ET, OU, SAUF (AND, OR, NOT). Ils affineront vos recherches et vous feront gagner du temps.

> Nous vous rappelons que vous n'êtes pas seul(e) : avant et pendant vos recherches, n'hésitez pas à solliciter vos enseignants et vos professeurs-documentalistes (par exemple, si une source vous semble incertaine).

### b Quels sites sur Internet ?

Vos recherches par mots-clés vous mèneront vers des sites de tous types. À l'inverse, vous pouvez choisir les types de sites, généraux ou spécialisés, sur lesquels vous allez faire vos recherches.

- **Sites institutionnels :** Insee, sites des ministères (Économie, Budget, Finances, Travail), Union européenne, OCDE, sites du MEDEF, de la CFDT et des syndicats professionnels, de La Cité de l'économie…
- **Sites de l'Éducation nationale :** réseau Canopé, portails et sites académiques, banques de données, etc. (appuyez-vous sur les ressources de votre CDI).
- **Presse régionale, nationale, voire internationale,** presse d'information générale.
- **Sites des radios et chaînes de télévision** (Arte, TV5, chaînes spécialisées) ; les documentaires, films ou séries sont aussi des sources et vous donneront des exemples à citer ; YouTube ou Dailymotion rassemblent de nombreuses vidéos (**vérifiez bien les sources**).
- **Journaux ou sites spécialisés :** *Les Échos, Capital, Challenges, LSA, Management, Liaisons sociales…*
- **Évitez les blogs**, les **forums**, les **chats**, les **réseaux sociaux**, ce sont des sources trop incertaines.

**Creusez !**

- Regardez au-delà de la première page de résultats de vos recherches. Vous y trouverez des sites originaux et peu exploités !
- Variez les moteurs de recherche : vous n'obtiendrez pas nécessairement les mêmes résultats.

**Et Wikipédia ?**

- Wikipédia est un site de qualité, souvent complet, alimenté par des internautes. Malgré la surveillance des utilisateurs, on y trouve parfois des mentions trop politisées ou militantes.
- Wikipédia est une source trop « simple » pour être mise en avant durant votre Grand oral, cela ne valorisera pas votre travail.

## c Et pourquoi pas des livres ?

- **Lisez des livres** (essais, biographies, enquêtes, *success stories*, etc.), on y trouve des choses très intéressantes dans toutes les disciplines. Le jury appréciera.
- **Un livre récent en relation avec votre question** vous fera marquer des points à coup sûr.
- **Dictionnaires et encyclopédies** sont très utiles pour vous assurer de la définition d'un terme.

**Utilisez les manuels**

- Les manuels scolaires regorgent de documents et de sources.
- Exploitez tous les manuels scolaires de vos spécialités disponibles au CDI. Vous trouverez des idées, des sources spécialisées, des documents, voire l'accès à des ressources numériques ciblées.

## d Évaluez la fiabilité de vos sources

- Si vous avez un doute sur une source, **interrogez vos enseignants ou vos professeurs-documentalistes**.
- **Demandez-vous par exemple :**
  – qui est le **gestionnaire** du site, quelle est son intention (ou celle de l'auteur d'un article) ?
  – cette information est-elle **fiable** ? S'agit-il d'un **fait**, d'une **hypothèse**, d'une **rumeur** ou d'une **« fake-news »** ?
  – s'il s'agit d'une opinion, quels sont les autres points de vue ?
  – le site semble-t-il à jour ? De quand date cet article ?
- **Croisez vos sources et vérifiez-les.** Votre recherche sera plus riche et vous pourrez vérifier les informations recueillies en les comparant. Sur des sujets sensibles, utilisez ce qu'on appelle les **« décodeurs »**, comme ceux du *Monde*, de l'AFP ou de France 24.

## e Organisez vos recherches et leurs résultats

Il faudra organiser vos recherches et les résultats de vos collectes afin de ne pas être englouti(e) par une masse d'informations.

- **Préparez un dossier** informatique et des fichiers pour recueillir vos résultats.
- **Vous devrez en définitive n'utiliser que les informations les plus pertinentes,** les plus originales, les plus « efficaces » à l'oral.
- **Créez des signets / favoris** pour retrouver facilement les sites que vous consultez régulièrement.
- **Conservez la trace de vos recherches** pour ne pas retourner sur des sites non pertinents.
- **Conservez précieusement vos sources et références.** Vous pourrez les citer avec précision lors du Grand oral. Si vous copiez-collez sur un traitement de texte un extrait d'un site ou d'un article, notez précisément la référence et ne la séparez jamais du texte.

- Faites le tri des informations pertinentes, mais ne jetez rien car si l'angle de votre sujet évolue, les informations recueillies pourraient vous être utiles.
- De même, vous pouvez avoir besoin d'une information qui vous semblait peu pertinente à un moment, mais qui pourrait le devenir pendant votre préparation.

# 3 Valorisez vos recherches auprès du jury

Vous avez bien travaillé, effectué des recherches pertinentes, lu des articles ou des livres, vu des documentaires, bravo !
**Servez-vous en absolument le jour du Grand oral afin de marquer des points !**

- **Citez plusieurs sources** pertinentes et originales dans votre exposé et/ou sur le support que vous montrerez au jury, et éventuellement lors de la discussion.
- **Indiquez de manière bien visible sur le support la source** d'un graphique ou d'un schéma le cas échéant.

**Ne mentez pas…**

Ne dites jamais avoir lu un livre ou un article, visionné un film ou un documentaire si ce n'est pas vrai. Si l'un des jurés l'a lu ou vu, ce sera (à juste titre) dévastateur.

- **Mais sachez ne pas abuser,** votre exposé doit être personnel et pas un enchaînement de sources extérieures.
- Enfin, nous l'avons vu, évoquer une **actualité récente** vous fera aussi marquer des points.

**LES POINTS-CLÉS de cette étape**

- ✓ Documentez-vous à propos de vos questions.
- ✓ Organisez vos recherches et faites le tri.
- ✓ Variez et vérifiez vos sources.
- ✓ Valorisez vos recherches le jour du Grand oral.

# → Consultez des sites Internet

## MSDGN / MERCATIQUE

- Le site **e-marketing** s'adresse aux professionnels du marketing en répertoriant l'ensemble des tendances. Il propose de nombreux articles thématiques et présente l'actualité et la communication des marques.
  - **www.e-marketing.fr/**
- Les sites des **fédérations professionnelles** sont des mines d'informations très fiables et actualisées concernant des secteurs en particulier, comme celui du commerce et de la distribution ou encore celui de la vente à distance.
  - **www.fcd.fr**
  - **www.fevad.com**
- Pour tous les sujets concernant la distribution, la lecture du magazine ***Linéaires***, disponible en ligne ou physiquement, permet de gagner du temps.
  - **www.lineaires.com/**
- Le site **LSA** regroupe les tendances concernant le commerce et la consommation. Il présente l'actualité des grandes marques mais aussi des dossiers thématiques. Une déclinaison plus orientée marketing digital est aussi disponible et permettra de compléter votre exposé.
  - **www.lsa-conso.fr**
  - **www.lsa-conso.fr/lsa-commerce-connecte/**
- Des sites gouvernementaux permettent un accès à des informations concernant les tendances de fond et les incitations de l'État dans des secteurs comme le portail de la transformation numérique des entreprises supportées par le ministère de l'Économie.
  - **www.francenum.gouv.fr**
- L'association des professionnels du marketing regroupe un ensemble d'informations touchant au domaine opérationnel.
  - **https://adetem.org/**

**Nathan live! Ressources à exploiter**

De nombreux sites, dont ceux proposés sur cette page, sont accessibles directement avec l'application Nathan Live !

## MSDGN / RHC

- Votre thème est transversal avec le management. Le site **manager-go** est donc très utile car il permet de répondre à des questions relatives au management en général et aux ressources humaines en particulier.
  › **www.manager-go.com/ressources-humaines.htm**
- Les publications de l'**Agence pour l'amélioration des conditions de travail** (ANACT) et ses déclinaisons en régions (ARACT) proposent des dossiers très complets. Pensez aussi à consulter le **site du ministère du Travail**.
  › **www.anact.fr/ ; travail-emploi.gouv.fr**
- Le site de ressources humaines **MagRH** est une mine de contenus concernant tout le spectre de la GRH avec une approche originale. Des dossiers assez longs, complets et illustrés sur un ensemble de domaines sont présentés.
  › **www.magrh.reconquete-rh.org/**
- Le site du mensuel ***Liaisons Sociales Magazine*** propose l'actualité du droit et des pratiques RH ainsi que des dossiers thématiques.
  › **www.liaisons-sociales.fr**
- Pour des questions relatives aux pratiques RH et aux conseils, pensez au site **Socialrh**.
  › **www.info-socialrh.fr**

## MSDGN / GF

- Pour tout ce qui concerne les questions financières et monétaires, le site de **La finance pour tous** est une référence très accessible.
  › **www.lafinancepourtous.com/**
- Le site de ***La Revue Fiduciaire*** est un site très adapté en termes de contenus. Il propose des publications à destination des spécialistes du droit fiscal, de la comptabilité, des RH et du social.
  › **https://revuefiduciaire.grouperf.com/**
- Le site **compta-facile** est une ressource très claire et complète sur les notions comptables, qui s'adresse autant aux étudiants qu'aux responsables de TPE/PME.
  › **www.compta-facile.com/**
- Le portail de **l'ordre des experts-comptables** propose des informations fiables concernant l'actualité ainsi que des dossiers thématiques.
  › **www.experts-comptables.fr/page-d-accueil**
- Les sites des **journaux spécialisés dans l'information économique et financière** permettront de récolter des cas d'entreprises ou des actualisations juridiques.
  › **www.compta-facile.com/ ; www.lesechos.fr/**

Nathan live!

**Ressources à exploiter**

+ De nombreux sites, dont ceux proposés sur cette page, sont accessibles directement avec l'application Nathan Live !

# À vous de jouer !

## 1 À partir d'une question qui vous intéresse

**Indiquez les premières sources qui vous viennent à l'esprit :**

– HORS Internet : ..................................................................................................

..................................................................................................................................

– SUR Internet : ..................................................................................................

..................................................................................................................................

**Listez les mots-clés que vous allez tester et utiliser pour vos recherches.**

..................................................................................................................................

..................................................................................................................................

**Avez-vous vérifié que vous connaissez le sens de ces mots-clés et que vous savez les expliquer ?** ☐ OUI ☐ NON

**Notez les sites originaux et utiles que vous avez trouvés hors de la première page des résultats de recherche.**

..................................................................................................................................

..................................................................................................................................

..................................................................................................................................

**Quels sites apparaissent dans vos favoris ? Quelles alertes avez-vous créées sur Internet ? À quelles newsletters êtes-vous inscrit(es) ?**

..................................................................................................................................

..................................................................................................................................

..................................................................................................................................

**Si la question prête à débat ou discussion, quelles sources divergentes et fiables allez-vous utiliser ?**

..................................................................................................................................

..................................................................................................................................

Comment prévoyez-vous de suivre l'éventuelle actualité de votre question ?

## 2 Citez les sources consultées et que vous exploiterez

Vidéos ou documentaires :

Films ou séries :

Articles de presse :

Livres :

Avez-vous trouvé des exemples marquants ? Une citation exploitable ?

Quelle(s) personne(s) pourriez-vous interroger ?

Notez les sites spécialisés présentés dans ce livre et précisez ce que vous y avez trouvé intéressant et utile.

ÉTAPE 4

# Organisez le contenu de l'exposé et anticipez l'oral

**Vous avez choisi votre sujet, et vous avez effectué vos recherches.** Il est temps de passer à la mise en ordre et au contenu de votre exposé, de son introduction à sa conclusion, en anticipant la discussion avec le jury
(→ Étapes 5 et 6).

**Des notes sont autorisées**

▶ Vous êtes autorisé(e) à conserver durant l'exposé des notes que vous aurez rédigées pendant le temps de préparation (par exemple votre plan). Mais cela ne doit pas nuire à la qualité de votre interaction avec le jury.

**Que dit le texte officiel ?**

*« Pendant 10 minutes le candidat présente la question choisie et y répond. Le jury évalue son argumentation et ses qualités de présentation. L'exposé se déroule sans note [...]. Le jury va porter son attention sur la solidité des connaissances, la capacité à argumenter et à relier les savoirs [...] et la manière d'exprimer une réflexion personnelle, ainsi qu'aux motivations du candidat. »*

## 1 Adaptez-vous

- **Certains conseils que nous vous donnons sont fondamentaux, d'autres dépendront du sujet choisi.** Par exemple, il ne sera pas toujours possible d'émettre une opinion ou de faire référence à l'actualité mais il est impératif d'expliquer votre intérêt pour le sujet choisi, de donner des exemples pour illustrer l'exposé, d'annoncer la conclusion, de vous appuyer sur des notions connues, de remettre un support au jury, de dire « je », etc.
- **Soyez pédagogue.** Un des deux membres du jury ne sera PAS un professeur de l'enseignement spécifique que vous avez suivi. Évitez d'utiliser des termes trop compliqués ou expliquez-les. Montrez que vous avez bien préparé votre exposé, mais évitez de submerger le jury par trop de données, dates ou chiffres.

## 2 Organisez votre exposé

### a Commencez par bâtir votre plan

- **Vous êtes libre du choix de votre plan** qui dépendra totalement de la question que vous vous posez ; aucun plan n'est imposé, l'exposé oral n'est pas une dissertation.

Voici quelques exemples de plans, qui peuvent éventuellement être combinés :
– thèse / antithèse / synthèse ;
– avantages / inconvénients ;
– plan chronologique ;
– plan historique (hier / aujourd'hui / demain) ;
– constat / solutions ;
– problèmes / causes / conséquences / solutions ;
– en France / ailleurs ;
– du général au particulier ou du particulier au général ;
– les faits / les arguments adverses et leur réfutation / les arguments en faveur de votre thèse.

- **Vous devez prévoir des parties** (voire des sous-parties) qui s'enchaînent logiquement et que vous énoncerez clairement (entourées de courtes pauses à l'oral).

- **Appuyez-vous sur des notions principales ou des mots-clés**, qui doivent structurer chaque paragraphe de votre exposé dont ils seront l'ossature.

- **Soignez l'enchaînement de vos idées** et utilisez les **connecteurs logiques** (*parce que, en conséquence, de même que, tout d'abord, à l'inverse, etc.*).

**Maîtrisez vos mots-clés**

C'est à partir des **mots-clés** que vous allez **organiser** votre plan, **orienter** vos recherches et **enrichir** votre exposé. Ce sont les mots sur lesquels vous insisterez à l'oral. Leur enchaînement logique vous aidera à mémoriser votre exposé. **Leur définition doit être parfaitement maîtrisée.**

## b Votre introduction

- **Elle contient l'explication du choix de la question** et de l'intérêt que vous lui portez. L'introduction doit durer moins d'une minute.

- **Vous n'aurez pas le temps d'annoncer votre plan en détail,** vous pouvez en annoncer les grandes parties.

- **Essayez d'éveiller l'attention du jury** par une accroche. Suscitez la curiosité, donnez un exemple, un fait, une actualité, une image, une citation, un lien personnel avec le sujet, etc.

**Montrez que vous avez travaillé**

- Expliquez durant l'exposé comment vous avez cherché ou vous êtes informé(e).
- N'hésitez pas à citer vos sources (livres, articles, rencontres, films, documentaires, conférences, etc.).

## c Illustrez par des exemples

- **Vous conserverez l'attention du jury** en accompagnant vos idées ou arguments par un exemple concret, éventuellement une anecdote personnelle, etc. Cela rendra votre exposé plus attractif, plus concret, plus compréhensible, plus personnel et donc plus efficace.

## d Argumentez

- **L'un des objectifs du Grand oral est de montrer votre « force de conviction ».** Les arguments sont le plus souvent illustrés par des exemples. Il existe plusieurs sortes d'arguments que nous vous conseillons d'utiliser au sein de votre exposé (et de la discussion).

- Certains arguments sont difficilement contestables, d'autres peuvent être contredits :

- les arguments **de droit**, qui font référence à la loi ;
- les arguments **de fait**, qui évoquent une réalité connue de tous, un fait, un événement, une étude, le résultat d'une expérience ou d'une observation, etc. ;
- les arguments **scientifiques** qui font consensus et qui sont décrits par des lois ou par des théorèmes ;
- les arguments **logiques** qui font appel à la raison ;
- les arguments **de valeur** qui invoquent les grands principes ou les fondements de notre société (morale, liberté, valeurs républicaines, etc.) ;
- les arguments **d'autorité** qui s'appuient sur une personne reconnue ou une « Institution » (« *Descartes pense que...* », « *Sur le site de l'INSEE...* », etc.) ;
- les arguments **tirés de votre expérience personnelle** ou de celle d'autrui.

• Votre exposé doit pouvoir être résumé en une suite de mots-clés, de notions, d'exemples, d'arguments, de connecteurs. Vérifiez bien que les mots-clés et les notions vous sont connus. Il est probable que le jury vous demande des explications ou des définitions.

• Rappelez, réutilisez les termes de la question. Cela vous permet de maintenir l'attention du jury, de garder votre cap, de montrer que vous savez où vous allez.

## e Faites référence au support durant votre exposé

• Le support ne peut pas être déconnecté de l'exposé et inversement, la réflexion sur le contenu de l'exposé doit inclure le support : « *Vous trouverez le schéma de l'expérience sur le support* », « *Je vous propose de regarder le graphique numéro 2 que j'ai dessiné* ».

• Pensez à **laisser le temps au jury** d'étudier votre support quand vous l'évoquez.

## f Votre conclusion

• **Votre conclusion doit être forte et personnelle.**

• **Si vous avez posé une question qui attend une réponse** (« *est-il possible de ...* ») : répondez à nouveau durant la conclusion.

• **Vous pouvez reprendre les termes de la question** pour synthétiser la réponse que vous avez apportée.

• **Suggérez des idées, des pistes,** proposez une ouverture, posez une autre question, faites le lien avec un autre point du programme d'une de vos deux spécialités.

• Indiquez ce que vous avez appris et ce que vos recherches vous ont apporté.

• **Vous pouvez donner votre opinion.** Si vous avez choisi une question de type « *Pour ou contre* », « *Est-il réaliste de* », « *Peut-on démontrer* », donner votre opinion est impératif. Dans le cadre de ce type de question, vous ne prenez aucun risque à le faire, ce n'est pas votre avis qui sera évalué, mais il faudra la justifier par des arguments, des exemples et des connaissances. Le jury vous contredira probablement, mais uniquement dans le but de vous tester.
Bien entendu, votre opinion ne doit être ni choquante, ni illicite, ni extrême.

**Annoncez clairement votre conclusion**

• Attirez l'attention des jurés et signalez-leur que vous avez quasiment terminé (et qu'ils vont bientôt devoir prendre la parole).

• Dites, par exemple : « *Pour terminer...* », « *Pour conclure...* », « *Enfin...* », « *En conclusion* ».

• Faites une pause avant et après l'annonce de la conclusion.

• **Suivez l'actualité, faites-y référence.** Le jury appréciera toujours les liens que vous ferez avec l'actualité pendant votre réponse ou la discussion. Demandez-vous quel lien vous pouvez faire entre les questions que vous avez choisies et l'actualité, tout particulièrement les semaines ou jours précédant le Grand oral.

### g Tendez des perches

• **Votre choix d'orientation peut apparaître dans votre exposé.**
En l'évoquant si possible à la fin de votre exposé, vous tendrez une perche au jury pour la discussion suivant votre présentation.

• **Déclenchez les questions du jury** durant votre exposé. → Étape 6 p. 43
Durant l'exposé, et particulièrement lors de sa conclusion, ou sur le support, vous pouvez pousser le jury à vous poser des questions ou à aborder des thèmes que vous aurez préparés. C'est un « grand classique », et les jurés joueront certainement le jeu.

## 3 Préparez votre prise de parole en même temps que votre exposé

### a Rédiger et apprendre par cœur ?

• **Chacun doit utiliser la méthode qui lui correspond le mieux,** il est difficile de répondre à cette question. Apprendre l'intégralité de votre exposé par cœur vous demandera beaucoup d'efforts et vous risquez de manquer de naturel le jour du Grand oral.

• Dans ce livre, nous vous présentons des exposés entièrement rédigés à des fins pédagogiques, **ce sont des exemples, surtout pas des modèles**.

• **Cette épreuve étant inédite pour vous,** ce sont l'entraînement et la répétition qui seront vos meilleurs conseillers.

• **Rédigez au moins un plan très détaillé.** Quelle que soit sa forme (plan simple, carte mentale, schéma, etc.), ce document est impératif, il comporte :
– l'introduction rédigée ;
– vos mots-clés et notions principales, vos parties, vos exemples, vos arguments, vos sources, les renvois vers le support et les connecteurs logiques ;
– la conclusion rédigée.

### b Introduction et conclusion

• **Rédigez l'introduction et la conclusion** et maîtrisez-les parfaitement.

• **L'introduction est la première impression** que vous allez faire au jury ; démarrer en hésitant un exposé préparé d'avance ferait mauvais effet. De plus, si vous démarrez mal, cela **risque de vous désorienter** pour la suite de l'exposé.

• **La conclusion est le point final de l'exposé.** c'est un temps fort qui vous permet de terminer en beauté !

## c Anticipez votre prise de parole

- **Surlignez d'une certaine couleur** les mots-clés, les points forts sur lesquels vous allez insister oralement (voire par des gestes, sans trop exagérer, → Partie 2 p. 62).
- **Surlignez d'une autre couleur** les éléments de type connecteurs, l'annonce d'un exemple ou d'un argument, sur lesquels vous parlez un petit peu différemment ou prévoirez des pauses.
- **Quel ton utiliser ?**

– Engagez-vous : dites « *je* ».
– Parlez aux jurés : dites « *vous* ».
– L'exposé n'est pas un monologue, vous ne parlez pas à un mur, ni à un grand groupe lointain : « *C'est la raison pour laquelle je me suis intéressé(e) à* » ; « *J'ai effectué des recherches* » ; « *Je vais répondre maintenant à la question que vous avez choisie* » ; « *Je vous vais vous donner un exemple* » ; « *Saviez-vous que... ?* ».

- Prévoyez des **pauses** car 10 minutes c'est long !
- **Respectez la consigne des 10 minutes.** Prévoyez pour cela quelques repères intermédiaires dans votre exposé. Vous pourrez regarder votre montre une ou deux fois durant l'exposé. Vérifiez la durée de votre exposé en vous enregistrant et en vous entraînant. Trop court ? Recherchez de nouvelles idées. Trop long ? Supprimez !
- **Ne jetez rien !** Pendant la préparation, conservez pour la discussion avec le jury toutes vos idées, exemples, arguments (favorables ou défavorables) et informations qui vous ont intéressé(e) que vous n'utilisez pas dans votre exposé.

**Pauses**

- Des pauses vous permettent de reprendre votre respiration, de marquer le début ou la fin d'une sous-partie et d'attirer l'attention sur ce que vous allez dire ensuite.
- Vos pauses devraient représenter presque deux minutes du temps total de votre exposé !

- Il existe sur Internet des estimateurs de durée d'un discours à partir du nombre de mots ou de caractères. La transcription de l'exposé oral de 10 minutes correspond à environ 1 300 à 1 500 mots, ou au plus 8 000 caractères.
- Cela vous donnera une indication utile, même si la durée varie selon votre débit et vos pauses, et qu'il n'est pas obligatoire de rédiger mot à mot votre exposé.

## LES POINTS-CLÉS *de cette étape*

- ✓ Votre exposé doit montrer que vous avez travaillé.
- ✓ Pendant votre préparation de l'exposé, pensez à sa présentation orale.
- ✓ Vous êtes libre du choix de votre plan qui doit s'appuyer sur des mots-clés que vous saurez expliquer, des exemples, des connecteurs entre chaque partie.
- ✓ Prévoyez vos pauses, voire vos gestes des mains quand vous rédigez votre exposé.
- ✓ Préparez une introduction rapide et accrocheuse. Annoncez votre conclusion.
- ✓ Tendez des perches au jury pour la discussion qui va suivre.
- ✓ Engagez-vous, dites « *je* » et adressez-vous directement au jury.

## → Détaillez un plan et indiquez les notions incontournables

### MSDGN / MERCATIQUE

- Voici un exemple de **plan détaillé** permettant de répondre à la question *« En quoi la digitalisation modifie-t-elle les choix de distribution des entreprises ? »*. Ce plan est développé à la **page 88**.
  - **Introduction** expliquant le lien entre la digitalisation et les attentes des consommateurs.
  - **Première partie** présentant les **nouveaux comportements d'achat** des consommateurs liés aux transformations numériques.
  - **Deuxième partie** détaillant les manières dont les entreprises se sont adaptées au **e-commerce** grâce à la pratique du *cross* et de l'omnicanal.
  - **Troisième partie** se concentrant sur les **adaptations** de l'unité commerciale physique à ces nouvelles pratiques.
  - **Conclusion** insistant sur la nécessité de l'adaptation des entreprises tout en ouvrant sur la possibilité d'**exploiter les données numériques** mais aussi sur le **coût environnemental** de ces pratiques.
- **Notions incontournables** à mobiliser lors de l'exposé oral :
  - les **attentes des consommateurs** propres à leur comportement d'achat ;
  - les **transformations numériques** liées à la digitalisation, au e-commerce, etc. ;
  - les **pratiques de distribution** comme le *cross-canal*, l'omnicanal…

### MSDGN / RHC

- Voici un exemple de **plan détaillé** permettant de répondre à la question *« En quoi l'amélioration de la qualité de vie au travail (QVT) est-elle facteur de motivation pour les salariés ? »*. Ce plan est développé **page 115**.
  - **Introduction** partant d'un constat chiffré inquiétant, et proposition de la **QVT** comme **piste d'amélioration**.
  - **Première partie** définissant la notion de **QVT** autant comme concept que comme **obligation légale**.
  - **Deuxième partie** rappelant les **facteurs de motivation** classiques en ressources humaines et en psychologie.
  - **Troisième partie** montrant que la QVT permet de **mieux tenir compte des besoins** des entreprises et des salariés et d'améliorer la motivation.
  - **Conclusion** citant les **limites de la QVT** dans toutes ses dimensions.
- **Notions incontournables** à mobiliser lors de l'exposé oral :
  - la qualité de vie au travail ;
  - les leviers de motivation que vous devrez citer et être capable de « critiquer » ;
  - les attentes actualisées des salariés ainsi que les tendances du marché du travail.

# → Analysez un exposé oral

## MSDGN / MERCATIQUE

**Analyse de l'exposé oral correspondant à la question « *En quoi la digitalisation modifie-t-elle les choix de distribution des entreprises ?* », développé page 88.**

« Les comportements des consommateurs se sont métamorphosés en un laps de temps très bref. Les attentes et les choix des consommateurs ont évolué au rythme des nouvelles technologies. J'ai choisi d'étudier l'impact de ces changements sur la distribution en me demandant en quoi les nouveaux modes de consommation modifient les choix de distribution des entreprises. [...]

Exemple de **délimitation du sujet** permettant de cadrer votre exposé et de démontrer son intérêt.

Pour commencer, je vais essayer de définir ces nouveaux modes de consommation issus de la digitalisation. On peut en distinguer deux.
Tout d'abord le *showrooming*. Il s'agit de se rendre dans les unités commerciales physiques, de regarder, essayer et choisir un produit puis d'effectuer l'acte d'achat au sein d'une unité commerciale virtuelle. L'achat se fait alors sur le site de la marque ou auprès d'un revendeur tiers. »

Exemples de **connecteurs** permettant de structurer l'argumentation et de guider le jury.

## MSDGN / RHC

**Analyse de l'exposé oral répondant à la question « *En quoi l'amélioration de la qualité de vie au travail (QVT) est-elle facteur de motivation pour les salariés ?* », développé page 115.**

« Selon l'Institut Gallup, en 2018, seulement 6 % des salariés se disent "engagés au travail".
Ce constat est alarmant lorsque l'on sait que la motivation est l'un des facteurs influençant la productivité et la compétitivité internationale des entreprises. J'ai choisi de me concentrer sur la motivation des salariés et sur les leviers qui pouvaient l'améliorer. [...]

Exemple d'**accroche fondée sur l'actualité** qui permet de positionner le sujet dans les programmes de différentes spécialités.

Néanmoins, elle nécessite un investissement financier qui peut être important. Comme elle laisse une grande part à des critères subjectifs et individuels, il est parfois difficile de s'adapter à la diversité des salariés. »

Exemples d'arguments prenant le **contrepied de l'exposé** afin d'orienter la discussion avec le jury.

# À vous de jouer !

## 1 Organisez votre exposé

**À partir d'une question, établissez les types de plans qui vous semblent les plus appropriés.**

..........

..........

..........

..........

**Résumez dans un tableau le plan détaillé qui vous convient le mieux.**

| | Résumé | Principaux mots-clés, notions incontournables | Principaux exemples et arguments |
|---|---|---|---|
| Introduction | | | |
| Première partie | | | |
| Deuxième partie | | | |
| Éventuelle troisième partie | | | |
| Conclusion | | | |

**Indiquez les connecteurs et les enchaînements entre les parties.**

..........

..........

..........

..........

**Quels sont les types de supports qui vous semblent envisageables ?**

..........

..........

..........

## 2 Préparez votre prise de parole

Rédigez votre introduction, ou au minimum, listez ce que vous prévoyez d'annoncer en introduction.

........................................

........................................

........................................

........................................

........................................

Rédigez votre conclusion, ou au minimum, précisez comment vous prévoyez de conclure.

........................................

........................................

........................................

........................................

........................................

## 3 Anticipez la discussion avec le jury

Y-a-t-il un lien entre votre sujet et votre orientation ?

........................................

........................................

Le cas échéant, quelle est votre opinion sur la question posée ?

........................................

........................................

Le cas échéant, quel est le lien avec l'actualité ?

........................................

........................................

**Rappels**

- Entraînez-vous à énoncer votre introduction et votre conclusion de mémoire.
- Rédigez intégralement votre exposé, au moins *via* un plan très détaillé et complet, et assurez-vous de sa durée en vous entraînant.

ÉTAPE 5

# Préparez le support que vous montrerez au jury

**Nous vous recommandons de prévoir un support que vous montrerez au jury.**

**Que dit le texte officiel ?**

*Le candidat a 20 minutes de préparation pour mettre en ordre ses idées et préparer s'il le souhaite un support sur du papier. Ce support est une aide pour la parole du candidat ; il n'a pas vocation à être donné à lire au jury (...) Durant l'échange, le candidat peut s'appuyer sur son support.*

**Une ou plusieurs feuilles**

Il s'agit de notes, d'un plan d'exposé, de trame de prise de parole, de mots-clefs ou d'idées directrices. Ces notes peuvent aussi servir de document d'appui à l'argumentation (schéma, courbe, diagramme, tableau, formule mathématique...).

Le support n'est **pas « officiellement » évalué**, mais il sera **apprécié par le jury**.

Le support clarifiera vos idées, aidera les jurés à suivre votre exposé et les mettra dans les meilleures conditions.

**Deux documents sont possibles : une note**, par exemple votre plan, que vous pourrez consulter de temps en temps durant votre exposé de 10 minutes et **un support** à montrer au jury.

Vous êtes libre de ne PAS rédiger de support. Vous ne serez pas pénalisé(e).

**Soyez pédagogue**

- Pensez au professeur qui n'enseigne pas la spécialité choisie : le support l'aidera à mieux vous comprendre.
- La réflexion sur le contenu de l'exposé doit inclure le support et inversement, le support ne peut pas être déconnecté de l'exposé.

## 1 Vous êtes libre du contenu de votre support

- Il peut traiter de tout l'exposé, par exemple sous la forme des **grandes lignes du plan**.
- Il peut aussi **pointer une partie spécifique** de l'exposé.
- **Il peut comporter des schémas :** une carte, la description d'une expérience, des courbes, un graphique, etc. Des schémas vous éviteront des descriptions fastidieuses.
- Les schémas doivent être **numérotés, légendés** et **titrés**.
- **Toutes les formes sont possibles** sur un support : plan rédigé, carte mentale, tableaux, schémas, etc.
- Le support vous permet de citer **vos sources**.
- Vous pouvez prévoir plusieurs feuilles, par exemple avec chacune un schéma ou des textes en gros caractères et bien visibles.

**Concision et visibilité**

Officiellement, vous devez « montrer » et ne pas « remettre » le support au jury. Même si cette consigne n'est pas toujours respectée, inutile de trop rédiger. Votre support doit être visuel !

## 2 Entraînez-vous à reproduire votre support

- Vous devez **préparer** votre support à l'avance et **savoir le reproduire de mémoire** durant le temps de préparation.
- **Il doit être reproductible en 15 minutes environ,** afin de vous laisser le temps de « répéter » votre exposé avant sa présentation et de vous détendre.
- Vous pouvez prévoir de montrer plusieurs feuilles, écrites en gros caractères, ou avec un schéma par feuille.
- **Vous devez vous y entraîner,** tout comme vous vous entraînerez à l'exposé oral. Montrer un support propre et de qualité sera apprécié par le jury et prouvera votre maîtrise de la question.

**Prévoyez le bon matériel**

Le jour du Grand oral, assurez-vous d'amener le matériel nécessaire pour reconstituer exactement le support que vous avez préparé à l'avance : stylos de couleur, fluos, crayons, règle, compas, etc.

## 3 Prévoyez de montrer votre support durant votre exposé

- **Dites par exemple** : « *Voici le schéma du circuit de distribution* », « *Je vous propose de regarder le graphique numéro 2* », « *Voici les principales sources que j'ai utilisées pour mon exposé* ». Et vous listez en gros caractères des journaux, sites…
- Vous pouvez **faire référence à un terme** utilisé dans l'exposé (« *… terme que j'ai défini sur le support* »).
- **Vous pouvez même tenter un geste de la main** vers le support quand vous y faites référence.
- **Laissez au jury le temps de regarder le support et ne reprenez pas immédiatement la parole,** assurez-vous que le jury a bien repéré ce que vous lui signalez et en a pris connaissance.
- N'oubliez pas que vous pouvez aussi montrer, de plus près, votre support au jury durant la discussion.

**Fautes interdites !**

- Évitez les fautes d'orthographe, elles feront mauvais effet, tout particulièrement sur les termes de votre spécialité.
- N'utilisez pas de mots dont vous n'êtes pas certain du sens et relisez-vous.

**LES POINTS-CLÉS *de cette étape***

- ✓ Montrez un support au jury, même si cela n'est pas obligatoire.
- ✓ Votre support doit être préparé aussi sérieusement que votre exposé.
- ✓ Le support peut présenter les grandes lignes du plan ou « zoomer » sur une ou plusieurs parties de l'exposé.
- ✓ Vous devez être capable de reproduire votre support de mémoire.
- ✓ Le support permet de montrer au jury la qualité de votre préparation.

# → Préparez le support que vous remettrez au jury

## MSDGN / MERCATIQUE

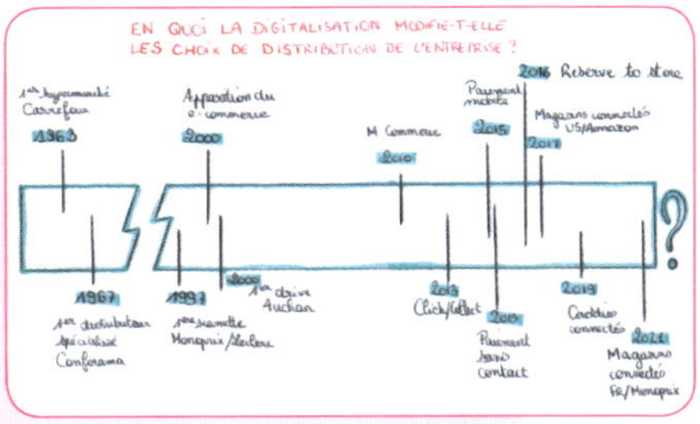


**Exemples de supports** pouvant vous aider à répondre à l'oral à la question « *En quoi la digitalisation modifie-t-elle les choix de distribution des entreprises ?* ».

- **Analyse d'un premier support** (ci-contre), présenté en détail page 87. Ce premier support présente une frise rappelant les principales évolutions dans le domaine de la distribution.
- **Analyse d'un deuxième support**, présenté en détail p. 40. Ce deuxième support se base principalement sur l'application des notions abordées dans l'exposé sur une entreprise comme *Camaïeu*.

## MSDGN / RHC

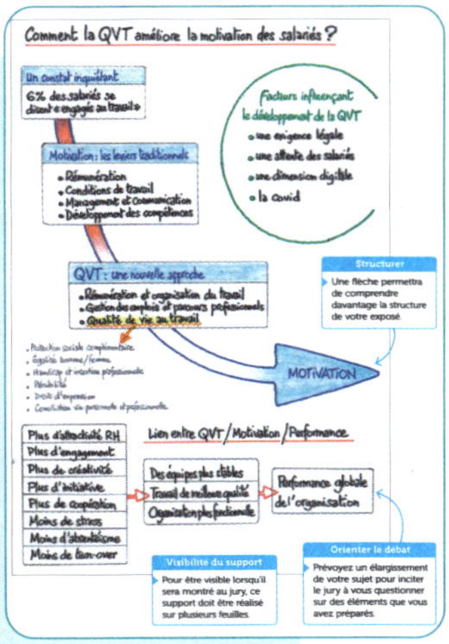


**Exemples de supports** pouvant vous aider à répondre à l'oral à la question « *En quoi l'amélioration de la qualité de vie au travail (QVT) est-elle facteur de motivation pour les salariés ?* ».

- **Analyse d'un premier support** (ci-contre), présenté page 114. Ce support est divisé en trois parties :
  - **un schéma** représentant l'enchaînement logique des trois parties de l'exposé grâce à une flèche ;
  - **un apport sur les facteurs** ayant fait émerger la QVT, qui ne seront pas tous cités lors de l'exposé oral ;
  - **un schéma prolongeant l'exposé**, cette fois-ci sur le lien entre motivation et performance de l'organisation.

  Pour être visible par le jury, ce support doit être réalisé le jour du Grand oral sur trois feuilles différentes. Il est également possible de ne réaliser qu'une seule de ces trois parties.
- **Analyse d'un deuxième support** présenté en détail p. 41. Ce support présente l'avantage d'être **plus rapide à réaliser** que le premier.

## MSDGN / MERCATIQUE

**Deuxième exemple de support** pouvant vous aider à répondre à l'oral à la question « *En quoi la digitalisation modifie-t-elle les choix de distribution des entreprises ?* ».

**Clarté**

Mettez en avant le plan pour que le jury voit clairement qu'il répond à la problématique.

**Gain de temps**

Évitez les phrases rédigées. Privilégiez des mots clefs.

**Illustration**

Prenez le temps de proposer un exemple complet d'entreprise afin de mettre en avant les changements que vous abordez lors de l'exposé.

## MSDGN / RHC

**Deuxième exemple de support** pouvant vous aider à répondre à la question « *En quoi l'amélioration de la qualité de vie au travail (QVT) est-elle facteur de motivation pour les salariés ?* ».

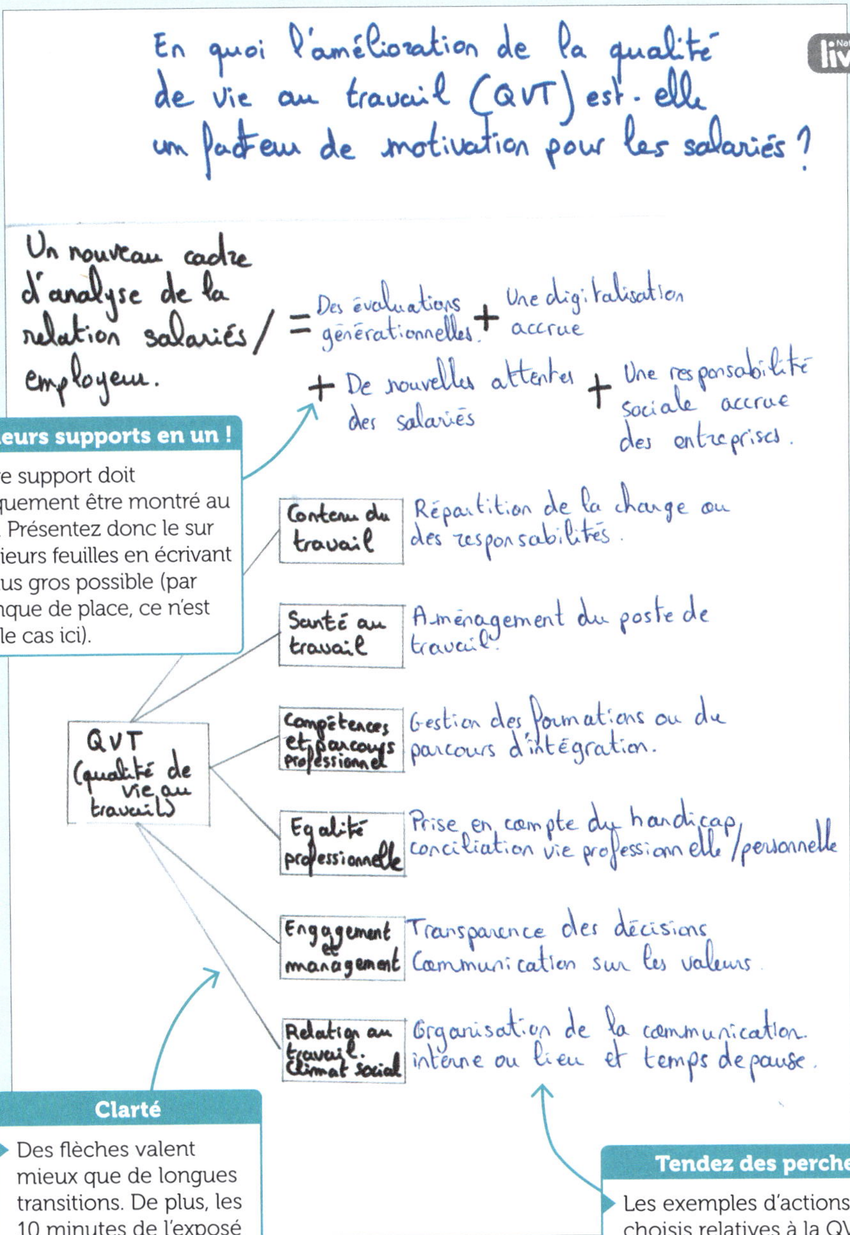


**Plusieurs supports en un !**

Votre support doit uniquement être montré au jury. Présentez donc le sur plusieurs feuilles en écrivant le plus gros possible (par manque de place, ce n'est pas le cas ici).

**Clarté**

Des flèches valent mieux que de longues transitions. De plus, les 10 minutes de l'exposé ne permettent pas d'illustrer l'ensemble des composantes de la QVT.

**Tendez des perches**

Les exemples d'actions choisis relatives à la QVT sont bien sûr les éléments que vous maîtrisez le mieux.

# À vous de jouer !

**À partir d'une question choisie...**

**... présentez votre plan détaillé (avec ses exemples, arguments, etc.) sous différentes formes :**

- texte ;
- carte mentale ou schéma.

**Dessinez ou rédigez un support qui présenterait une partie de votre exposé.**

- Entraînez-vous à dessiner un schéma ou un croquis qui vous semble nécessaire.
- Quels sont les principaux mots-clés que vous allez montrer au jury ?

.................................................................................................

.................................................................................................

.................................................................................................

- Quelles sources allez-vous citer ?

.................................................................................................

.................................................................................................

.................................................................................................

**Faites la liste du matériel nécessaire à la réalisation de votre support (feutres, règle, etc.).**

.................................................................................................

.................................................................................................

.................................................................................................

.................................................................................................

.................................................................................................

ÉTAPE 6

# Préparez la discussion avec le jury

**Après l'énoncé de votre exposé, restez bien concentré(e) car le Grand oral continue !**

Préparer la discussion avec le jury est possible et recommandé ! Cet échange ne sera pas entièrement improvisé, loin de là ! Vous pouvez vous y préparer, anticiper les questions du jury et même pousser le jury à vous poser des questions dont vous aurez préparé les réponses. Le jury n'est pas là pour vous mettre en difficulté, mais au contraire pour vous mettre en valeur et vous permettre de montrer votre travail et vos capacités.

**Que dit le texte officiel ?**

*[...] « Ensuite, pendant 10 minutes, le jury échange avec le candidat et évalue la solidité de ses connaissances et ses compétences argumentatives. Ce temps d'échange permet à l'élève de mettre en valeur ses connaissances, liées au programme des spécialités suivies en classe de Première et de Terminale. ».*

Vous pourrez écrire au tableau pour illustrer ou expliciter votre propos si vous le souhaitez. À l'inverse, le jury ne pourra PAS vous demander d'écrire au tableau.

**Soyez à l'aise**

▶ Après votre exposé nous vous recommandons de vous asseoir, comme vous êtes autorisé(e) à le faire. Vous serez plus à l'aise et plus concentré(e) assis(e) que debout, et ce sera moins fatigant. À vous de décider.

## 1 Anticipez les questions du jury

### a Questions déclenchées par votre exposé oral

• **Prévoyez de donner les définitions / explications de tous les termes que vous utilisez,** notamment ceux propres à chacune de vos deux spécialités.

Si vous ne savez pas définir ou expliquer les termes que vous utilisez, attendez-vous à une mauvaise note.

Un des membres du jury ne sera pas un(e) enseignant(e) de la matière traitée, il vous posera des questions pour mieux comprendre votre exposé.

• **Les questions possibles du jury sont nombreuses autour de votre exposé.** Il peut, entre autres :

– relever une erreur, éventuellement demander de combler un manque ;
– lever une ambiguïté ou une imprécision : il s'agit là de préciser, de clarifier un point sur lequel peut-être vous avez été confus(e), pas suffisamment clair(e) ;
– vous demander d'en dire plus sur votre motivation à traiter cette question ;
– vous demander de compléter, développer un point de votre exposé ;
– vous demander un autre exemple, une autre possibilité, un autre point de vue ;

– vous demander s'il existe une autre manière de… ;
– vous demander un nouvel argument ou contre-argument ;
– énoncer un contre-argument et vous demander d'y répondre : si votre question s'y prête, il vous faudra lister par avance les arguments et les contre-arguments car le jury va évaluer votre « force de conviction » ; si le jury vous contredit, c'est uniquement pour vous tester, son opinion n'influencera pas votre note ;
– vous demander de préciser ou citer une source et d'expliciter comment vous avez mené vos recherches ;
– vous interroger sur l'actualité du sujet.

**Rappels**

Si vous écrivez au tableau :
- il faut que cela soit vraiment nécessaire car ce n'est pas de l'oral ;
- veillez à toujours communiquer avec le jury, ne lui parlez pas le dos tourné.

## b Questions relatives au programme de MSDGN

- La discussion avec le jury durant le Grand oral peut porter **sur n'importe quelle partie du programme de MSDGN**, que ce soit le tronc commun ou l'enseignement spécifique. Dans votre spécialité MSDGN, **il existe une partie du programme qui sera évaluée uniquement lors du Grand oral** ; vous l'étudierez en classe après les écrits, prenez-la très au sérieux.

- Réfléchissez à **un lien entre votre question et les programmes de MSDGN**, celui du tronc commun ainsi que celui de l'enseignement spécifique. Relisez notamment les parties des programmes qui concernent le sujet que vous avez choisi.

- Le jury peut vous demander quelle autre question vous auriez aimé traiter dans le même enseignement spécifique.

- Réfléchissez à un lien possible entre la question traitée et la spécialité Droit / Économie. Plus généralement, **réfléchissez aux liens entre vos spécialités**.

- Le jury peut aussi vous demander **quelle partie du programme vous a le moins intéressé(e).** Répondez avec franchise, il y a certainement une partie du programme qui ne vous a pas plu.

## c Comment vous y préparer ?

- **« Scannez » votre exposé :** passez en revue tous ses mots, tous ses aspects et réfléchissez à toutes les questions possibles.

- **Ne travaillez pas seul(e),** faites-vous aider par vos enseignants et par vos camarades.

- **Retenez tout particulièrement les questions qui reviennent régulièrement** et qui sont déclenchées par votre exposé. Notez soigneusement toutes les questions, contre-arguments, objections, discussions ou thèmes connexes.

- **Jouez le rôle d'interrogateur pour vos camarades,** vous verrez comment un exposé peut provoquer des questions.

- **Lors de vos entraînements en public,** demandez qu'on vous pose un maximum de questions sur l'ensemble des programmes de Première et de Terminale, cela vous aidera à réviser.

**Utilisez votre support**

Vous êtes autorisé à utiliser votre support durant la discussion. Cela pourra vous aider à répondre à des questions du jury.

### d Et si vous ne savez pas répondre ?

- **Toutes les questions ne peuvent pas être prévues d'avance,** rappelez-vous que le jury ne cherche pas à vous « piéger » et une discussion réussie sera plutôt un « dialogue à trois ». Donc pas de panique si vous ne connaissez pas la réponse à une question, qu'elle soit relative à l'exposé oral ou aux programmes de spécialité !
- **Ne restez pas muet(te)** ; si vous ne savez vraiment pas : dites-le au jury.
- **Essayez de faire le lien avec ce que vous savez,** demandez des indications au jury, voire la réponse qui vous permettra certainement de rebondir.
- **Si vous n'avez pas compris une question, dites-le** et demandez des précisions. Reformulez la question du jury pour vous assurer de l'avoir bien comprise.

### e Questions relatives à votre projet d'orientation

- Votre **projet d'orientation** peut éventuellement faire aussi l'objet d'une discussion et de questions qui peuvent être anticipées.

## 2 Déclenchez les questions du jury durant votre exposé

- **Il est possible de pousser le jury à vous poser des questions.** Cela n'est pas de la manipulation, c'est un « grand classique ». Les jurés s'y attendent et vous leur simplifiez les choses en leur donnant des idées de questions ou de thèmes de discussion.
Les pauses durant votre exposé laisseront le temps au jury de noter les idées de questions qu'il vous posera ensuite.

Préparez vos réponses, pas question d'improviser le jour du Grand oral sur des questions prévisibles ou que vous avez déclenchées.

- **Vous pouvez par exemple conclure en tendant une « perche »** ou en proposant une ouverture, un élargissement, une autre hypothèse, etc. : « *... mais de nouvelles possibilités apparaissent* », « *... et il existe d'autres méthodes de résolutions comme... que je n'ai pas eu le temps de...* ».
- **Si vous avez donné votre opinion sur un sujet sans détailler les opinions opposées,** ou mis en avant plutôt les avantages que les inconvénients, tendez une perche à ce sujet : « *Bien entendu, il existe des arguments inverses* », « *Certains inconvénients ne peuvent pas être négligés* », etc.
- Vous pouvez choisir **d'expliquer plusieurs notions et de ne pas en expliquer une**, volontairement.
- Durant l'exposé, **vous pouvez être très direct(e)** : « *Je pourrais développer ce point pendant la discussion si vous le souhaitez* », «*J'ai d'autres exemples à vous donner...*», « *Ce film / livre que j'ai beaucoup apprécié, je serais ravi de vous en parler* ». Cependant, n'abusez pas de ce procédé.

Attention à ne pas exagérer en étant trop « stratège ». Ne soyez pas volontairement imprécis ou incomplet dans le but de déclencher des questions au détriment de la clarté de votre exposé.

- **Placez des phrases habiles dans votre exposé, sans développer (ni systématiser ce procédé)** : « *Je suis tombé(e) sur de nombreuses sources peu fiables à ce sujet...* », « *Mais tout le monde n'est pas d'accord à ce sujet* ».
- **Évoquer votre orientation ou votre choix de métier** est aussi une excellente perche pour la discussion.

## 3 Comment vous comporter durant la discussion ?

➜ Partie 2 p. 76

- La discussion suivant l'exposé est un **échange**, un **dialogue** et non une interrogation orale.
- **Écoutez attentivement** les questions qui vous sont posées et reformulez-les si besoin.
- **Évitez d'interrompre le jury,** ne répondez pas tant que la question n'est pas terminée.
- Si vous le pouvez, **rebondissez** et reprenez les propos du jury.
- **Prenez le temps de réfléchir** avant de répondre, faites une pause.
- N'hésitez pas à développer vos réponses, c'est vous qui êtes au centre de la discussion.
- Ne donnez pas de réponse fermée du type « *oui* », « *non* », « *je ne sais pas* » : **argumentez et développez**.

### LES POINTS-CLÉS de cette étape

- ✓ La discussion avec le jury doit être préparée, tout comme votre exposé.
- ✓ Vous pouvez anticiper les questions du jury.
- ✓ Entraînez-vous à répondre aux questions fréquentes qui vous sont posées lors de vos répétitions.
- ✓ N'hésitez pas à tendre des perches au jury qui les utilisera très certainement. Préparez les réponses aux questions que vous aurez déclenchées.
- ✓ Si vous utilisez le tableau, veillez à donner la priorité à votre interaction avec le jury et ne passez pas trop de temps à écrire.
- ✓ Le jury peut aussi vous interroger sur l'intégralité des programmes de Première et de Terminale et notamment sur les parties spécifiques au Grand oral.
- ✓ Réfléchissez avant de répondre et de développer vos arguments.
- ✓ Dites-vous que chaque question est l'occasion de marquer des points.

# → Prévoyez les questions du jury déclenchées par l'exposé oral

## MSDGN / MERCATIQUE

**Exemples de questions** pouvant être posées par le jury suite à un exposé oral répondant à la question : « *En quoi le big data influence-t-il la fidélisation des consommateurs ?* ».

- Quels sont les outils permettant la collecte automatisée de données ?
- Quel est le nom de l'opération consistant à exploiter les données stockées ?
- Pourriez-vous me donner un exemple d'entreprise qui utilise le *data mining* ?
- Hormis la fidélisation, à quelle étape du *marketing* mix le *data mining* peut être utile ?
- Rappelez-moi les différents types de fidélité.
- Pouvez-vous m'expliquer ce qu'est le *big data* ?

Certaines questions seront posées par le professeur de Mercatique, elles demandent une **réponse précise s'appuyant sur des notions de cours**.

Des questions plus **générales et simples** seront posées par l'autre membre du jury qui n'est pas un professeur de spécialité.

## MSDGN / RHC

**Exemples de questions** pouvant être posées par le jury suite à un exposé oral répondant à la question : « *En quoi le style de direction influence-t-il la motivation ?* ».

- Pouvez-vous me rappeler les différents types de style de direction ?
- Vous parlez de motivation, sur quel type de performance cette notion a-t-elle de l'influence ?
- Pouvez-vous me citer un exemple de chef d'entreprise autoritaire ?
- Quels sont les avantages recherchés du style participatif ?

Certaines questions tenteront d'évaluer votre **capacité à argumenter et à vous projeter dans l'avenir**. Il s'agit de votre personnalité, il n'y a pas de bonne réponse mais une réponse bien argumentée.

D'autres questions feront référence à des **notions du programme de Première**, spécialité SDGN.

## MSDGN / GF

**Exemples de questions** pouvant être posées par le jury suite à un exposé oral répondant à la question « *Comment les technologies numériques permettent-elles à l'entreprise de maintenir sa profitabilité ?* ».

- Qu'est-ce qu'un Progiciel de Gestion Intégré (PGI) ?
- Quels sont les enjeux de la confidentialité et de la traçabilité ?
- Quel est le mode de calcul des soldes intermédiaires de gestion ?

Certaines questions sont précises et cherchent à évaluer votre **maîtrise des notions de base**.

# → Prévoyez des questions du jury portant sur vos spécialités

## MSDGN / MERCATIQUE

- Quels sont les acteurs qui se partagent la valeur ajoutée ?
- Pouvez-vous me rappeler les composantes de l'offre globale ?
- De quel type de communication fait partie le *bad buzz* ?
- Quelles sont les caractéristiques d'un segment exploitable dans le cadre de la segmentation stratégique ?
- Quels sont les enjeux du positionnement d'une marque ou d'un produit ?
- Pourquoi le *marketing mix* doit-il être cohérent ?
- Rappelez-moi les composantes de la valeur perçue.

Des questions peuvent être posées sur le **programme de Première en spécialité SDGN**.

Certaines questions impliquent une **réponse courte**. Elles sont souvent le point de départ d'un questionnement plus long sur ce thème.

## MSDGN / RHC

- Quelles sont les étapes de la Gestion Prévisionnelle des Emplois et des Compétences (GPEC) ?
- Distinguez les facteurs internes et externes de motivation.
- Quels sont les différents types de conflit que peut rencontrer une organisation en interne ?
- Quelles sont les différences entre la QVT et les conditions de travail ?
- Pouvez-vous présenter les modalités d'ajustements résultant de la GPEC ?
- Pourquoi la phase d'intégration est-elle essentielle lors d'un recrutement ?

Certaines questions seront posées pour évaluer les **notions** de cours du programme de Première et de Terminale **sur lesquelles s'appuie votre exposé**.

D'autres question sont plus **ambitieuses** et nécessitent d'avoir un certain recul sur les cours abordés en Terminale.

## MSDGN / GF

- Qu'est-ce que le principe de comptabilité en partie double ?
- Pouvez-vous me rappeler la différence entre actif immobilisé et circulant ?
- Quels sont les enjeux de la répartition du bénéfice distribuable ?
- Comment résoudre le cas d'un besoin en fonds de roulement supérieur au fonds de roulement net global ?

Certaines questions vous paraîtront assez **simples**. Pensez, dans votre réponse, à aller au-delà en **envisageant les conséquences** par exemple.

D'autres question sont plus **riches** et permettent de proposer un **exemple chiffré** pour illustrer votre réponse.

## → Tendez des perches au jury

### MSDGN / MERCATIQUE

**Analyse des perches tendues durant l'exposé permettant de répondre à la question *« En quoi la digitalisation modifie-t-elle les choix de distribution des entreprises ? »*, développé page 88.**

« Les entreprises ont identifié ces attentes puis se sont adaptées à ces nouveaux modes de consommation en développant des offres de *cross canal* puis d'omnicanal. […]

La distribution a été bouleversée ces dernières années, et ce dans une grande partie des secteurs d'activité. Je vous ai représenté l'ensemble de ces évolutions sur une frise. »

**Perche « explicite »**

Vous pouvez ajouter « que je pourrais vous détailler plus tard si vous le souhaitez » pour expliciter davantage cette perche.

**Perche « implicite »**

Utilisez le support pour susciter l'intérêt du jury : d'abord pour mettre en avant votre production puis pour orienter les questions du jury lors de l'entretien.

### MSDGN / RHC

**Analyse des perches tendues durant l'exposé permettant de répondre à la question *« En quoi l'amélioration de la qualité de vie au travail (QVT) est-elle facteur de motivation pour les salariés ? »*, développé page 115.**

« La marque Veja l'a parfaitement compris : sur son site, elle communique autant sur ses points faibles et ses lacunes que sur ses atouts. Le recours au « RH *washing* » est à proscrire : le *bad buzz* n'est jamais loin et la MQE repose sur une relation de confiance ». […]

Enfin, les tests de sélection peuvent désormais être proposés en ligne (tests de langue, par exemple), et s'accompagner de simulations virtuelles ou en réalité augmentée ».

**Perche « explicite »**

L'expression RH *washing* est récente dans les publications et attirera forcément l'attention du jury sur ce point.

**Perche « implicite »**

La sélection des candidats est précise et largement documentée. Abordez-en volontairement une seule partie pour que le jury vous interroge sur ce point lors de la deuxième partie du Grand oral.

# À vous de jouer !

## 1 Expliquez le choix de la question choisie

Développez votre intérêt pour la question et les raisons pour lesquelles vous l'avez choisie.

..................................................................................................................

..................................................................................................................

..................................................................................................................

## 2 Connaissez les définitions

Listez tous les termes techniques ou complexes que vous utilisez dans votre exposé sans les expliquer au jury.

..................................................................................................................

..................................................................................................................

..................................................................................................................

Êtes-vous capable de les expliquer simplement ? ☐ OUI ☐ NON

## 3 Préparez vos arguments !

Quels sont les exemples, les faits, les arguments, les contre-arguments que vous connaissez mais n'avez pas énoncés (ni indiqués sur le support) ?

..................................................................................................................

..................................................................................................................

..................................................................................................................

Comment avez-vous effectué vos recherches ?

..................................................................................................................

..................................................................................................................

..................................................................................................................

**Quels sont les prolongements possibles de chaque partie de votre exposé ?**

..................................................

..................................................

..................................................

..................................................

**Quelle partie du programme est concernée par votre question ?**

..................................................

..................................................

..................................................

..................................................

**Pourquoi avez-vous choisi cette spécialité / ces deux spécialités ?**

..................................................

..................................................

..................................................

..................................................

**Lors de vos entraînements en classe ou avec vos amis :**

**– Quelles questions reviennent le plus souvent ? Savez-vous y répondre ?**

..................................................

..................................................

..................................................

..................................................

**– Quelles objections ou contre-arguments apparaissent ? Savez-vous y répondre ?**

..................................................

..................................................

..................................................

..................................................

PARTIE 2

# ENTRAÎNEZ-VOUS AUX TECHNIQUES DE L'ORAL

CONSEIL 1

# Dédramatisez la prise de parole

**Vous n'avez pas souvent eu l'occasion de parler seul(e) durant 10 minutes puis de discuter avec deux enseignants durant 10 minutes. Cette épreuve est nouvelle pour vous.**

**Que dit le texte officiel ?**

*Le Grand oral évalue « la capacité à argumenter et à relier les savoirs, l'expression et la clarté du propos, l'engagement dans la parole, la force de conviction ».*

- *« Je stresse, j'ai le trac… »*
  Le trac vous permet de vous concentrer et de bien démarrer. Il disparaîtra vite, car vous maîtrisez votre contenu.
- *« Je ne suis pas à l'aise à l'oral… »*
  Votre entraînement vous rassurera.
- *« Je ne sais pas quoi faire de mes jambes, de mes mains »*
  Ne surestimez pas l'importance du « non-verbal ». Concentrez-vous sur le contenu et le jury. Le « non-verbal » suivra naturellement !

## 1 Le stress, non. Le trac, oui !

### a Le stress : un phénomène normal, mais gênant

- **Il est normal et naturel** que vous ressentiez du stress : c'est un phénomène physique positif ; votre organisme réagit à ce qu'il évalue comme une menace ou une peur afin de vous aider à les surmonter.
- **Le stress peut se manifester de différentes manières** en fonction de son niveau et des personnes : une respiration rapide ou saccadée, le cœur qui bat trop vite, une transpiration exagérée, l'apparition de rougeurs, de maux de ventre, etc.
- **Le stress peut avoir un impact sur votre communication verbale ou non verbale :** vous parlez trop fort ou trop faiblement, votre voix tremblote, vous bafouillez, vous multipliez les mots parasites (« *euh, voilà, donc…* »), vos phrases sont trop longues, vous ne faites pas de pauses, vous avez des trous de mémoire, votre regard se promène partout dans la salle, vous ne contrôlez plus vos jambes, ni vos bras, ni vos mains, etc.

Heureusement, il est rare de cumuler tous ces inconvénients !

### b Le bon stress : le trac !

- **Un minimum de stress est nécessaire** pour que vous soyez performant(e). C'est le **trac**. Il est nécessaire, car il vous poussera à vous concentrer. C'est aussi une forme de respect pour les membres du jury.
- **Le trac vous motivera** tout particulièrement pendant les 20 minutes de préparation, vous donnera envie de « bien faire » et augmentera vos performances.

- **Vous avez sans doute déjà expérimenté le trac dans des situations personnelles,** au lycée ou dans vos activités extrascolaires, quand vous avez eu le sentiment de connaître « une poussée d'adrénaline » et d'avoir été au top !

Sans trac, votre prestation le jour du Grand oral sera plate, sans temps fort et vous en serez déçu(e).

## 2 Ayez confiance en vous

- **Votre travail de préparation du Grand oral** est l'élément-clé qui vous mettra en confiance et réduira considérablement votre stress si vous maîtrisez bien votre sujet.
- **Vous ne risquez aucune mauvaise surprise parce que :**

– vous choisissez deux questions qui vous intéressent et en préparez les deux exposés ;
– vous avez l'appui de vos professeurs, des autres élèves, des professeurs-documentalistes, etc ;
– vous préparez par avance le support qui sera réalisé le jour J et remis au jury ;
– vous énoncerez votre exposé sans être interrompu(e). Vous pouvez anticiper, voire déclencher une partie des questions du jury dont vous aurez préparé les réponses ;
– vous allez expliquer vos choix d'orientation. Il s'agit de parler de vous : un sujet que vous connaissez parfaitement et bien mieux que le jury ;
– vous disposez de 20 minutes de préparation le jour de l'épreuve pour bien mettre vos idées au clair, rédiger votre support, vous concentrer et vous détendre.

## 3 Le jury n'est pas votre ennemi !

- **Votre public est connu.**

– Prendre la parole en public le jour du Grand oral, cela veut dire prendre la parole **dans le cadre clair de l'épreuve**, devant seulement deux personnes qui sont enseignant ou professeur-documentaliste de lycée.
– Il ne s'agit pas d'une prise de parole devant un grand groupe de personnes lointaines, ni de gens qui vous interrompront ou vous contrediront.

- **Votre public est bienveillant.**

– Votre public est limité à deux personnes, compétentes, connaissant très bien les élèves de votre âge.
– Les jurés savent que vous n'êtes pas des professionnel(le)s de la communication.
– Les gestes parasites, les tics de langage, les bafouillis peuvent être combattus et seront tolérés.
– Comptez sur la bienveillance des membres du jury. Ils sont là pour vous écouter, vous encourager et échanger avec vous (ce sont des professeurs de lycée, comme les vôtres, qui auront aussi préparé leurs élèves qui vous ressemblent).

• Vous savez parler, vous faire comprendre et écouter depuis votre enfance… vous avez l'habitude de la prise de parole !
• Si besoin, n'hésitez pas à assumer votre stress et à l'exprimer le jour du Grand oral. Le jury en tiendra compte.

# Entraînez-vous !

### Avant de commencer les exercices

- Ces idées d'activités ont pour but de vous habituer à prendre la parole et à vous exprimer sur des sujets divers et parfois personnels, indépendamment des réponses à vos questions de spécialités.
- Vous pouvez pratiquer ces exercices dès maintenant ou après avoir lu les pages suivantes ou les reprendre à tout moment durant votre entraînement.
- Vous pouvez les pratiquer debout ou assis(e), seul(e) devant un « public fantôme », ou vous entraîner à vous exprimer en « public », à plusieurs avec des camarades et en classe, toujours avec bienveillance.
- Engagez-vous dans vos réponses : dites « *je* » ; adressez-vous à votre auditoire : dites « *vous* ».
- À partir de vos réponses, vous pouvez demander que l'on vous pose des questions et enchaîner un dialogue.

Pour tous ces exercices, vous pouvez choisir de parler 1, 2 ou 3 minutes, jusqu'à 10 minutes en fixant préalablement la contrainte de temps et en la respectant.

## 1 Si vous étiez...

Terminez ces phrases et expliquez vos réponses.

- *Si j'étais un animal, je serais... Si j'étais un lieu de vacances, je serais...*
- *Ou encore : un personnage de fiction, un livre, un sport, une série, un film, une célébrité, un personnage historique, une chanson, un plat, un pays, une ville, une œuvre d'art, etc.*

## 2 Parlez de vous, développez vos réponses

- *Mon expérience la plus marquante c'est... / Un truc dingue qui m'est arrivé...*
- *Ce que j'aime faire pendant le week-end... / Ce que j'aime faire avec mes ami(e)s...*
- *Mes principaux défauts... / Mes principales qualités...*
- *Si j'avais un super pouvoir, ce serait...*
- *Ce qui me rend joyeux... / Ce qui m'énerve...*
- *Ma devise... / Mon hashtag...*
- *Mon équipe préférée... / Ma personnalité préférée... / La personnalité que « je ne peux pas voir »...*
- *La période historique dans laquelle j'aimerais vivre... / L'événement auquel j'aurais voulu assister...*
- *Hier / Ce matin... / Aujourd'hui après le lycée... / Le jour où « j'ai » mon Bac...*
- *Dans 5 ans / 10 ans, je me vois... / Si je gagne 100 millions d'euros...*
- *Si j'étais élu(e) Président(e) de la République, les trois premières mesures que je prendrais seraient... parce que...*
- *Si j'étais maire de ma ville / président(e) de ma Région / ministre de la Santé / ministre de l'Éducation nationale / ministre de l'Écologie / ministre de l'Égalité femmes-hommes, etc.*

## 3 Habituez-vous à débattre et à convaincre

**a « Pour » ou « contre » ?**

Le travail le dimanche, les paris en ligne, l'interdiction des portables au lycée, l'euthanasie, l'énergie nucléaire, la consommation de viande, le véganisme, la chasse, la légalisation du cannabis, les uniformes à l'école, les concours de beauté, la publicité à la télé dans les émissions pour enfants, les GAFA, les accords de Schengen, l'obligation de voter, Parcoursup, le Grand oral, le contrôle continu…

**b Je vous recommande** un livre, un film, une série, une recette, une visite, de suivre une personne sur les réseaux sociaux, un endroit pour les vacances, un morceau de musique, un site Internet, etc.

## 4 Parlez de sujets qui vous intéressent et intéressez votre auditoire

- *Ce qui m'intéresse en ce moment / m'a intéressé(e) récemment c'est…*
- *J'ai lu un article qui… / J'ai vu une vidéo qui m'a choqué(e)…*
- *Ce message sur Instagram ou Twitter m'a…*
- *Quel match !… / Quel(le) artiste !…*
- *Sur des sujets au choix : À ce sujet, je pense que… Je suis plutôt d'accord… Je ne suis plutôt pas d'accord… Mon « coup de gueule »…*

## 5 Donnez-vous des contraintes

▶ Vous pouvez pratiquer les exercices précédents avec de nouvelles contraintes.

- *Parler au passé ou au futur, interdire ou imposer des mots, assis(e), debout, de près, de loin, à voix haute ou basse, en appuyant exagérément avec les mains, ou « sans les mains », etc.*
- *Placer des mots, des chiffres, des mots commençant / finissant par, parler en vers…*
- *Improviser autour d'un mot très concret ou un mot très abstrait, d'une personnalité, d'un terme du cours…*
- *Ne parler qu'avec des noms de fruits, légumes, métiers, pays, personnalités, des mots et sons inconnus, etc., et des gestes expressifs.*
- *L'un(e) parle dans une langue inconnue avec gestuelle et intonation adaptées, un(e) autre traduit en français.*
- *Dialoguer avec un(e) camarade en commençant chaque phrase avec un mot de la lettre de l'alphabet suivante. Par exemple :*
  *« **A**lors le Grand oral, tu le sens comment » ?*
  *« **B**ien, bien, je me prépare »*
  *« **C**omment tu te prépares, ça m'intéresse »*

CONSEIL 2

# Transformez votre diction en atout

**Vous allez utiliser votre voix pour vous adresser au jury.**
**Vous savez parler, pas d'inquiétude !**
Il n'est ni utile, ni possible de changer votre voix, mais vous pouvez améliorer votre diction, votre « manière de dire ». Ses composantes sont : le volume, le débit, l'intonation, l'articulation et… les silences. Vous pouvez les travailler afin d'être performant(e) le jour du Grand oral.

**Ce que le jury attend**

- *Le jury du Grand oral attend de vous une prestation préparée, mais naturelle. Vous ne jouez pas une pièce de théâtre, n'en faites pas trop.*
- *Le jury sera indulgent à propos de votre manière de parler si vous lui montrez votre implication.*

**Évitez la monotonie**

- Pensez au jury qui, pendant plusieurs journées consécutives, verra défiler des candidat(e)s.
- Toutes les composantes de votre voix sont liées. Habituez-vous à les varier afin d'éviter la monotonie.

## 1 Le volume de votre voix

- En vous entraînant, vous trouverez **le bon équilibre** pour être **audible**, sans parler trop fort, à un peu plus de deux mètres de vos interlocuteurs.
- **Il vaut mieux parler un peu trop fort** (ce qui masquera d'éventuels tremblements dus au trac) que trop bas.
- **Entraînez-vous à varier votre volume** (plus bas ou plus fort), notamment durant votre exposé, afin d'insister sur des mots-clés ou, par exemple, annoncer votre conclusion.
- Parlez à haute voix **jusqu'au bout de vos phrases**.

**Il fait chaud en été !**

Protégez votre voix, apportez une bouteille d'eau. Demandez, par politesse, l'autorisation de boire, le jury vous l'accordera sans hésiter.

## 2 Le débit : vitesse et rythme de votre voix

- **Le rythme de votre prise de parole** influera sur sa qualité et sur son effet sur le jury : ni trop lentement, ni trop vite.
- **Il vaut mieux parler un petit peu trop lentement plutôt que trop vite.**
- **Variez votre débit en fonction de vos propos.** Parlez un peu plus vite quand vous racontez une anecdote et moins vite quand vous expliquez une notion technique.
- **Si vous avez l'habitude de parler vite,** cela sera difficile à modifier et vous devez y faire attention. Évitez les phrases trop longues dans votre exposé et vos réponses.
- **Un débit maîtrisé, c'est aussi une respiration maîtrisée,** posée au bon moment.

## 3 Votre prise de parole, ce sont aussi des pauses

- **Ne commencez pas à parler dès qu'on vous donnera la parole !** Attendez quelques secondes, vous capterez ainsi toute l'attention du jury.
- **Les pauses peuvent représenter jusqu'à deux minutes** de la durée totale de votre exposé, vous devez prévoir où les placer durant votre préparation.
- **La durée des pauses peut être variable** selon leur importance.
- **Les pauses marquent le début ou la fin d'une sous-partie** ou attirent l'attention sur ce que vous allez dire ou venez de dire.
- **Les pauses permettent de réfléchir** avant de répondre, ce que le jury appréciera. Profitez-en pour bien respirer.
- **Si vous avez tendance à parler trop vite,** faites des pauses à la fin de vos phrases afin de reprendre votre respiration et de « soulager » le jury.

## 4 Votre intonation

- **Votre intonation est le ton que vous prendrez pour vous adresser au jury.**
- **Une intonation dynamique** montrera votre engagement.
- **Entraînez-vous à adapter votre intonation** et à la varier pour éviter la monotonie. Par exemple, votre intonation sera différente quand vous expliquez pourquoi vous avez choisi cette question ou quand vous répondez à une question.
- **Prévoyez d'appuyer de la voix certains mots ou phrases** pour leur donner de l'importance.
- **Durant les discussions avec le jury,** pensez à varier votre intonation. Une fois votre exposé terminé, vous pouvez être plus souriant(e) et détendu(e).
- Vous pourrez en même temps **appuyer les mots par vos gestes.** Conseil 3 → p. 62

## 5 Articulez !

- **Travaillez votre élocution, même exagérément** parfois, pendant vos entraînements.
- **Habituez-vous à bien prononcer tous les mots,** éventuellement à les découper de manière artificielle si nécessaire.
- **Gardez la même qualité de prononciation** pour tous vos mots, du début à la fin de vos phrases.
- **Tout particulièrement, appuyez sur les voyelles** qui « expriment les voix » qui « sonnent avec les consonnes », comme disait Molière.

**Avec une note ?**

Si vous rédigez une note, entraînez-vous à la regarder rapidement de temps en temps sans rompre le lien avec le jury.

# Entraînez-vous !

**Pour tous les exercices qui suivent**

- Vous pouvez vous entraîner avec un(e) ami(e) ou en classe, **toujours avec bienveillance** et avec des objectifs précis pour chaque exercice.
- Entraînez-vous aussi seul(e) **en vous enregistrant** avec un smartphone et en visualisant une **audience fictive**. Généralement, on n'aime pas entendre sa propre voix et les enregistrements amplifient la perception de nos défauts.

## 1 Volume et débit

**a** Racontez, en une à quatre minutes, ce que vous avez préféré durant votre dernier week-end ou parlez d'un sujet d'actualité qui vous intéresse et adaptez (sans jamais crier) votre volume à votre audience réelle ou fictive qui se trouverait :

- *à un mètre, à deux mètres (à peu près comme un jury), à dix mètres ;*
- *à quelques mètres de vous, mais imaginez que vous êtes gêné(e) par le bruit de voitures qui passent ou des gens qui parlent.*

- Votre voix est un mélange de composantes. Pour chaque exercice, faites attention à toutes ses composantes.
- En même temps, faites toujours attention à votre posture, vos gestes, votre regard, votre sourire.

**b** À partir d'un texte ou d'un extrait de pièce d'une dizaine de lignes, avec un traitement de texte, grossissez certaines lignes (corps 20), réduisez les autres (corps 9) et :

- *lisez à très haute voix les « corps 20 » et à voix basse, mais intelligible, les « corps 9 » ; puis faites l'inverse ;*
- *lisez avec un débit rapide les « corps 20 » et lentement les « corps 9 » ; puis faites l'inverse.*
- *lisez avec un débit lent et à voix haute les « corps 20 » et avec un débit rapide à voix basse les « corps 9 ».*

**c** Choisissez un poème de quatre à huit vers ou un extrait de monologue de théâtre, lisez-le en le prononçant parfaitement, de manière changeante à chaque vers :

- *premier vers rapide avec une voix bien forte (sans crier), puis vers suivant lentement à voix basse, puis vers suivant lentement à voix bien forte (sans crier), puis vers suivant vite à voix basse ;*
- *premier vers, lentement en chuchotant, puis vite toujours en chuchotant, puis vite bien fort, enfin lentement avec une voix bien forte.*

**d** Reprenez les exercices précédents, en ajoutant du **gras**, des *italiques* ou des soulignés au texte choisi. Donnez à un(e) ami(e) des contraintes de lecture variées : rapide, lent, voix haute, voix basse, puis à son tour de vous donner des consignes.

## 2 Pauses

**a** Choisissez un texte (poème, extrait de monologue de théâtre) : lisez sans faire de pause entre les deux premiers vers, puis avec une pause marquée d'une seconde entre les deux suivants, puis de deux secondes, puis alternez sans pause, etc.

**b** Durant la préparation de votre réponse à la question : prévoyez les endroits où vous allez faire des pauses (longues ou courtes) et entraînez-vous à les respecter.

## 3 Intonation

▶ Choisissez un texte de quelques lignes et :

- *lisez-le à haute voix en souriant, avec enthousiasme, avec tristesse, avec rage, d'un air sadique, très hésitant, etc. ou comme un(e) candidat(e) en campagne électorale, un(e) commentateur(trice) de sport, un(e) cuisinier(ère) partageant une recette ;*
- *lisez-le à haute voix comme un(e) médecin rassurant(e), comme un(e) guide touristique, comme si vous parliez à une personne très âgée ;*
- *surlignez un mot par phrase et appliquez-vous à appuyer (y compris avec les mains) quand vous le prononcez.*

• Prenez l'habitude d'être attentif(ve) à votre voix et à votre diction **tout au long de l'année** : en classe, pendant vos activités extrascolaires, en famille, avec vos ami(e)s, pendant vos sorties, etc.

## 4 Articulation et prononciation

**a** Travaillez vos voyelles : entraînez-vous, même de manière exagérée, à bien appuyer et prononcer les voyelles dans des phrases choisies au hasard.

**b** **Les virelangues**

- Lisez les virelangues d'abord convenablement à voix haute, sans vous tromper, puis répétez-les jusqu'à les connaître par cœur.
- Enfin accélérez le rythme tout en les prononçant sans erreur et avec une prononciation parfaitement nette.

*Didon dîna dit-on d'un os du dos d'un dodu dindon.*
*Si six scies scient six saucissons, six-cent-six scies scient six-cent-six saucissons.*
*Cherchez ce chat chez ce cher Serge.*
*Un banc peint blanc plein de pain blanc, un blanc banc peint de blanc pain.*
*Un vieux voyou voleur voulait voler Violette.*
*Petite cathédrale, quand te décathédraleriseras-tu ? Je me décathédraleriserai quand toutes les petites cathédrales se décathédraleriseront.*
*Les croyants qui prient sur l'Acropole ne peuvent pas prier quand les corbeaux peuvent croasser.*

**c** Reprenez les exercices précédents avec un crayon dans la bouche, comme le font certains comédiens pour s'entraîner.

Nathan live! **Ressources à exploiter**

+ D'autres exercices sur la diction à télécharger sur Nathan Live !

CONSEIL 3

# Parlez avec votre corps

**Le Grand oral, ce n'est pas seulement parler, c'est aussi être présent physiquement.**
**C'est ce qu'on appelle la « communication non verbale ».**
Ce terme ne doit pas vous inquiéter, car vous avez l'habitude de communiquer, consciemment ou non, avec votre corps. Dans le cadre du Grand oral, cela se résume à utiliser au mieux votre posture : debout ou assis(e), votre regard, votre sourire et vos mains, sans se soucier d'autre chose.

**Que dit le texte officiel ?**

*« Le candidat effectue sa présentation du premier temps debout, sauf aménagements pour les candidats à besoins spécifiques. Pour le deuxième temps de l'épreuve, le candidat est assis ou debout selon son choix. »*

**Le non verbal pèse moins que le contenu**

- Certains disent que la communication non verbale entre pour plus de 70 % de la communication. Cela nous semble excessif et pas du tout adapté au Grand oral, pendant lequel des enseignants jugeront et noteront avant tout votre travail et votre préparation.
- Mais veillez à la qualité de votre communication non verbale !

## 1 Votre posture

- **Votre posture est la manière dont vous allez vous installer dans la salle, face au jury durant toute l'épreuve.** Lors de votre réponse à la question choisie par le jury, vous serez debout (sauf impératif médical). Dix minutes debout, ce n'est pas très long, vous y êtes habitué(e) dans votre vie quotidienne.
- Une fois dans la salle, **placez-vous au centre de la pièce,** à environ deux mètres du jury.
- **Ancrez-vous dans le sol** (tout comme une ancre marine permet à un bateau de se stabiliser), le dos droit (et pas voûté !).
- **Les pieds bien droits et légèrement écartés** (de la largeur de vos hanches), la tête haute tournée vers le jury. Vous devez vous engager physiquement.
- **Puis, conservez cette posture** et ne bougez pas trop vos jambes. Si vous bougez involontairement pendant l'exposé, prenez le temps de vous remettre en position ancrée qui vous stabilisera.

**Peut-on marcher durant le Grand oral ?**

- Il n'est pas nécessaire de marcher dans la pièce car vous n'êtes pas un conférencier devant une grande salle.
- En revanche, si nécessaire, vous pouvez vous approcher du jury, par exemple pour lui montrer un point du support. Revenez ensuite à votre place initiale sans tourner le dos au jury.

## 2 Debout ou assis(e) après votre exposé ?

- **Vous n'êtes pas habitué(e) à parler debout,** mais pour énoncer votre exposé que vous aurez préparé à l'avance, vous verrez que vous serez plutôt à l'aise.
- **L'épreuve du Grand oral vous autorise à vous asseoir après votre exposé,** avant la partie discussion avec le jury.
- **Nous vous recommandons de vous asseoir pour la suite du Grand oral,** surtout s'il y a une table devant vous. Cela sera sans moins fatigant et vous évitera de vous poser la question de ce que vous allez faire de vos jambes (qui seront quand même visibles sous la table).
- **Par politesse, vous pouvez demander au jury si vous pouvez vous asseoir** ou lui signaler que vous vous asseyez (« *Je me permets de m'assoir...* », avec sourire et regard bien placé). Il est tout à fait possible que ce soient les membres du jury qui vous proposent de vous asseoir.
- **Une fois assis(e), retrouvez une posture tonique et engagée.** Ancrez vos deux pieds au sol et asseyez-vous plutôt près du bord du siège, bien droit(e), tourné(e) vers le jury.
- Évitez de balancer vos jambes ou de les positionner sous la chaise. S'il n'y a pas de table, faites d'autant plus attention à vos jambes.
- Vous pouvez aussi **choisir de rester debout toute l'épreuve** si vous vous sentez plus à l'aise.

## 3 Votre sourire, votre regard

- **La règle est simple : souriez régulièrement** aux membres du jury, c'est le secret de la réussite !
- Vous pouvez **sourire** au moment où vous expliquez pourquoi la question choisie vous a intéressé(e), ou s'il y a des moments souriants ou détendus dans votre exposé.

**Sourire tout le temps ?**

Bien évidemment, vous ne pouvez pas sourire tout le temps du Grand oral.

- **Il est impératif que vous créiez un lien avec les membres du jury *via* votre contact visuel.** C'est ce contact qui permettra la meilleure interaction entre vous et les jurés et cela réduira le risque de monotonie de votre exposé. Les jurés ne sont que deux et vous n'avez rien d'autre à regarder.
- Durant votre exposé, si vous décidez de conserver vos notes prises pendant le temps de préparation, regardez-les le moins possible et restez toujours **tourné(e) vers les jurés**.
- **Regardez alternativement les jurés et en fonction de leurs actions** (par exemple, regardez le juré qui vous interroge et débutez votre réponse en le regardant ; puis regardez l'autre juré en fonction de la longueur de vos réponses).
- **Faites en sorte que chacun d'eux se sente concerné,** tout particulièrement le membre du jury qui n'enseigne pas la spécialité choisie.

- **Regardez les membres du jury, cela vous donnera des indications** sur ce qu'ils ressentent et comment ils réagissent à ce que vous dites. Cela fait partie de ce qu'on appelle l'**interaction**.
- **Appuyez avec votre regard** vos pauses les plus longues, ou les mots que vous voulez souligner.

**Votre regard agit sur votre corps**

- Si votre regard est tourné vers un point fixe quand vous êtes debout, votre équilibre sera amélioré.
- Si vous baissez les yeux, le volume de votre voix baisse quasi mécaniquement.

## 4 Vos mains

- **Vos mains « parlent »** aussi et accompagnent vos paroles et vos silences.
- **Appuyez avec vos mains les mots-clés,** les **points forts** de votre exposé et vos réponses pendant la discussion.
- **Vous pouvez montrer le support de la main** quand vous l'évoquez pendant votre exposé.
- **Entraînez-vous à « parler avec les mains »**, vous serez plus performant(e) et paraîtrez plus naturel(le).
- **N'en faites pas trop.** Vous n'êtes ni une personnalité politique en campagne, ni un(e) tragédien(ne) !

Voir quelques gestes et postures ➜ p. 7

**Attention à vos mains**

Ne gardez pas vos mains jointes, ni cachées derrière votre dos ou sous la table, ni dans les poches ou sur les hanches et surtout pas sur la bouche. Ne serrez pas les poings, ne pointez pas votre doigt vers le jury, ne croisez pas les bras.

## 5 Ne vous préoccupez pas trop des gestes parasites

- **Les gestes parasites** sont les gestes **que vous ne contrôlez pas** : vous touchez votre nez ou vos oreilles, vous passez la main dans vos cheveux, vous triturez vos lunettes, vous avancez ou reculez sans raison, etc.
- Votre **entraînement** et votre **préparation** réduiront ces gestes inutiles.
- **Surtout : pendant le Grand oral, ne pensez pas à ces gestes.** Concentrez-vous sur ce que vous dites et tournez-vous vers le jury.
- **En aucun cas vous n'aurez une mauvaise note** parce que vous touchez vos cheveux ou vous grattez le nez.

# Entraînez-vous !

## 1 Votre posture debout, ancrée

**a** Parlez pendant une minute, avec interdiction de bouger vos pieds, debout sur votre lit, un fauteuil, ou un coussin épais afin de tester la meilleure position :

- *en position bien ancrée ;*
- *jambes jointes ou très resserrées, jambes très écartées, jambes croisées.*

**b** Entraînez-vous à parler en position bien ancrée debout et assis(e).

**c** Parlez d'un sujet pendant une minute debout en bougeant exagérément jambes et mains, puis en ne bougeant pas du tout. Continuez en vous tenant selon une posture ancrée et naturelle, et en souriant.

## 2 Vos mains

**a** Choisissez un court texte de votre choix.

- *Lisez-le à haute voix en mimant les mots de manière exagérée.*
- *Puis « répétez » les mêmes phrases uniquement avec les gestes.*

**b** Afin de mieux les contrôler, faites la liste des gestes parasites que vous avez détectés chez vous en vous filmant, ou d'après vos camarades ou vos professeurs.

Entraînez-vous régulièrement à utiliser vos mains quand vous parlez pour appuyer sur des mots ou des phrases et montrer votre conviction. Habituez-vous à éviter l'utilisation négative de vos mains.

## 3 Votre regard, votre sourire

**a** Quand vous parlez dans votre vie quotidienne, entraînez-vous à regarder dans les yeux et en souriant votre « public » (amis, famille ou professeurs).

**b** Regardez des inconnus pendant deux à trois secondes (attention quand même et soyez respectueux) : au lycée, dans un magasin, dans un café, dans un bus, etc.

**c** Parlez en regardant des points fixes pendant une ou deux minutes, ou en regardant, pendant vos séances de simulations, vos camarades ou vos professeurs.

**d** Expérimentez l'effet du regard sur votre équilibre, debout en parlant :

- *fermez les yeux ; laissez votre regard errer un petit peu partout dans une pièce ;*
- *restez debout sur une jambe les yeux fermés, puis les yeux ouverts.*

**e** Renouvelez les exercices en souriant beaucoup, puis sans sourire du tout.

Nathan live! Ressources à exploiter

+ D'autres exercices sur Nathan Live !

CONSEIL 4

# Mémorisez votre exposé

**Vos exposés sont quasi aboutis. Vous devez maintenant mémoriser vos exposés et vos réponses aux questions probables du jury, afin d'accroître votre confiance pour le jour du Grand oral.**
Il existe différentes techniques de mémorisation que nous ne pouvons pas développer ici, mais voici tout de même quelques conseils pour la préparation du Grand oral.

**Bien mémoriser**

*Quatre facteurs faciliteront votre mémorisation et votre restitution le jour J :*
- *votre motivation ;*
- *la compréhension de ce que vous voulez mémoriser ;*
- *les méthodes de mémorisation que vous utiliserez ;*
- *votre entraînement et vos révisions régulières.*

**Confiance, confiance**

- Ayez confiance en votre mémoire. Votre cerveau ne demande qu'à apprendre.
- Il est normal d'oublier des choses. Il faut disposer d'une mémoire exceptionnelle ou de techniques approfondies pour ne rien oublier. Heureusement, en travaillant régulièrement, vous pourrez mémoriser et facilement réactiver votre mémoire le jour du Grand oral.

## 1 Motivation et compréhension

### a Si vous utilisez ce livre, c'est que vous êtes motivé(e) !

- Plus sérieusement, cette épreuve inédite est **très formatrice** et plutôt **exaltante,** car à l'inverse des épreuves écrites, elle n'est pas anonyme. Aucun(e) élève n'a envie de « se planter » en présence des interrogateurs et au contraire, vous aurez à cœur de briller.

- **Le coefficient important du Grand oral** est un facteur de motivation non négligeable…

- Si vous avez bien préparé le Grand oral, vous serez d'autant plus motivé(e) à achever votre préparation en consacrant le temps nécessaire à la mémorisation des réponses aux questions que vous avez choisies.
Votre mémorisation en sera d'autant facilitée.

### b L'autre clé est la compréhension

- **C'est vous qui avez choisi vos questions.** Vous les avez travaillées en profondeur en effectuant de nombreuses recherches, et vous avez filtré, trié et organisé vos résultats de recherche. Vous vous êtes totalement approprié(e) les questions dont vous comprenez tous les termes.
- Vous donnerez du **sens** et de l'**intérêt** à ce que vous voulez retenir.
- **Votre cerveau y sera sensible et mémorisera** durablement ce qui vous semble important.

## 2 Comment mémoriser ?

### a Faut-il apprendre par cœur ?

- **L'apprentissage par cœur ne doit pas être votre objectif. C'est un très gros effort pas très utile.** Si vous aviez un trou de mémoire, vous seriez complètement déstabilisé(e). Enfin, en récitant l'intégralité de votre exposé par cœur, vous ne capterez pas suffisamment l'attention du jury et **vous ne serez pas naturel(le)**. Apprendre votre exposé par cœur peut être une étape qui vous aidera dans vos révisions à condition de vous en éloigner le jour J.
- Vous allez vous apercevoir que chaque exposé n'est **pas si long ni difficile à mémoriser**. De même, votre support vous « appartient » et vous saurez le mémoriser.

### b Le plan et les mots-clés

- **Vous devez connaître par cœur** le **plan**, les **mots-clés**, le **thème** des parties et leurs **enchaînements** logiques afin de les énoncer dans l'ordre.
- Commencez par vous entraîner à **maîtriser cette ossature**… ce qui sera facile car c'est vous qui l'avez conçue. Cela vous permettra de diviser l'exposé à mémoriser en plusieurs parties qui s'enchaînent logiquement.

**À retenir absolument**

- Introduction et conclusion.
- Structure de l'exposé et mots-clés.
- Enchaînement de toutes les parties de l'exposé.

- Ensuite vous la compléterez avec les **exemples**, les **arguments**, les **faits**, etc.
- Nous vous recommandons aussi d'**apprendre par cœur au moins le début de l'introduction** (et même toute l'introduction), ce qui vous garantira de bien démarrer et vous mettra en confiance.
- De même, **mémorisez la fin de la conclusion** (et même l'intégralité de la conclusion). Bien conclure votre exposé et lancer la discussion **vous rapportera des points**.
- Nous vous recommandons de **prévoir une note** que vous pourrez rédiger pendant le temps de préparation et regarder pendant l'épreuve, si besoin : plan détaillé, mots-clés, principales sources…

- Vous pouvez vous entraîner en rédigeant uniquement les mots-clés sur une feuille (et éventuellement les connecteurs logiques).
- Puis énoncez votre exposé à partir de ces seules informations. Petit à petit, vous n'aurez plus besoin de regarder la feuille parce que vous maîtriserez votre exposé.

## c Les différents types de mémoire

• Traditionnellement, on distingue **trois types de mémoire** :
- mémoire **auditive** ;
- mémoire **visuelle** ;
- mémoire **kinesthésique** (la plus rare, qui s'appuie sur des sensations : émotion, toucher, mouvement, etc.).

• Vous découvrirez ou vous savez déjà laquelle vous est la plus favorable, mais en réalité chacun(e) d'entre nous dispose à des degrés divers de ces trois types de mémoire et vous allez pouvoir utiliser les trois.

• Vous pouvez par exemple **écrire votre exposé en entier**. Ne cherchez pas à l'apprendre entièrement par cœur. L'écrire vous aidera à le retenir en faisant appel à votre mémoire scripturale, ce qui est utile en particulier pour votre part kinesthésique.

• **Surlignez en couleur** les **mots-clés** et les **connecteurs logiques** : cela activera votre mémoire visuelle.
Partie 1, Étape 5 ➜ p. 33

Veillez à **ne pas surligner trop de mots ou phrases** afin de ne pas surcharger votre cerveau, qui ne reconnaîtra plus ce qui est important et ne mémorisera pas correctement.

• **Lire le texte à haute voix** fera appel à la mémoire **auditive**. Réviser ou vous poser des questions à haute voix vous permettra de mémoriser, surtout si votre mémoire est plutôt auditive. Vous pouvez aussi enregistrer votre exposé. Vous pouvez réviser à haute voix **en bougeant, en vous déplaçant, en allant dans certains lieux**, ce qui stimulera votre cerveau.

• Présentez les mots-clés, le plan, les connecteurs sous forme de **schéma, carte mentale** ou **tableau**.

• Récitez votre exposé **avec des tons différents** ou des **émotions différentes** (dégoût, colère, tristesse, en chantant), vous verrez que cela peut vous aider à mémoriser le texte grâce à votre part kinesthésique.

## d Révisez régulièrement

• Pour garder en mémoire vos exposés, vous devrez les **relire**, les **redire**, les **réentendre régulièrement** sans, évidemment, vous y prendre au dernier moment.

• **Il n'existe pas de règle** concernant le rythme de révision qui permette ce que l'on appelle « l'ancrage mémoriel ». **Adaptez votre rythme à vos capacités et disponibilités**, sachant que le Grand oral doit être une de vos priorités.

• **Répétez vos exposés** jusqu'à vous sentir **tout à fait à l'aise**. Veillez à ne pas les énoncer trop vite tout en articulant au mieux.
Conseil 2 ➜ p. 58

- Votre rythme de révision devra s'accélérer à l'approche du Grand oral, jusqu'à une **dernière relecture la veille**.
- Enfin, votre **ultime révision** se déroulera durant le temps de préparation le jour J.

Conseil 6 ➜ p. 73

Pensez aussi à bien réviser votre préparation de la **discussion**, notamment les réponses aux questions qui vous seront très probablement posées.

## 3 Sommeil et hygiène de vie

- Au-delà des conseils « naturels » que peuvent vous donner vos professeurs ou vos parents, il existe des **raisons scientifiques** qui doivent vous pousser à **porter attention à votre sommeil.**
- C'est **pendant que vous dormez que vous mémorisez** et que votre cerveau travaille le plus.
- **Évitez de passer du temps devant des écrans** (téléphone, ordinateur, télévision) juste avant de vous endormir. Essayez de vous donner un moment d'au moins une vingtaine de minutes sans écran.
- **Évitez les moments de stress avant de dormir** ou essayez d'évacuer ce stress s'il y a quelque chose qui vous préoccupe. C'est une question d'entraînement et vous pouvez y arriver.
- **Il n'est pas recommandé de vous endormir juste après les révisions** qui risquent plutôt d'encombrer votre cerveau et de gêner votre sommeil.
- À l'approche du Grand oral, **inutile de travailler très tard** et de réduire votre temps de sommeil.

**Mode avion impératif**

- Organisez vos séances de révision de votre Grand oral sur une durée d'environ 45 minutes. Des séances plus longues ne seront pas plus efficaces.
- Il est impossible de vous concentrer et de mémoriser efficacement avec un téléphone allumé près de vous : mode avion et absence de notifications obligatoires durant ces 45 minutes !

- Vous dormirez mieux dans une chambre **complètement dans le noir**. Masquez les lumières extérieures, pensez à retourner votre portable ou, mieux, à le mettre en mode avion et évitez les objets qui clignotent dans votre chambre. Sinon, votre sommeil ne sera pas assez profond et votre cerveau ne travaillera pas efficacement.
- **Une activité physique est recommandée** pour favoriser la mémorisation, notamment après une séquence de travail. Il n'est pas obligatoire non plus de pratiquer un sport de haut niveau, mais une **petite marche**, du **vélo** en extérieur ou d'appartement, des **mouvements de gymnastique**, etc. vous aideront à mémoriser. Cela influera sur votre bien-être, donc aussi sur votre capacité à mémoriser.

CONSEIL 5

# Entraînez-vous au Grand oral

**Le temps dont vous disposerez entre les épreuves écrites et le jour du Grand oral vous permettra de finaliser vos exposés et de vous entraîner.**
Sollicitez vos camarades et vos enseignants, tenez compte de leurs remarques. C'est le moment d'affiner et de mémoriser vos exposés, de préparer les discussions avec le jury et de vous mettre en confiance.

## 1 Entraînez-vous à...

- **Exposer vos réponses** aux questions en respectant la **consigne des dix minutes.**
- **Rédiger des supports** clairs, compréhensibles, titrés et légendés.
- Exploiter au mieux le **temps de préparation** de 20 minutes.
- **Répondre aux questions** fréquentes du jury et aux questions nouvelles.
- **Bien écouter les questions** et demander de les reformuler si besoin.
- **Tendre des perches** et utiliser celles qui fonctionnent le mieux.
- Répondre à des questions sur **toutes les parties du programme.**
- Faire attention à votre **niveau de vocabulaire.**
- Éventuellement, **exposer vos choix d'orientation, d'études ou de débouchés.**
- Cela vous permettra :

– **d'affiner votre exposé** en repérant les phrases à changer afin qu'elles semblent plus naturelles à l'oreille, plus faciles à prononcer ;
– **de vous approprier** vos exposés et vos supports ;
– **de maîtriser tous les mots-clés et notions** ;
– de vous habituer à **expliquer des termes complexes** ;
– **de réviser les programmes** de vos spécialités.

Nous vous conseillons de passer en revue les exercices de la **Partie 1** de ce livre et de les appliquer à vos questions.

## 2 Veillez particulièrement aux « techniques de l'oral »

- Votre **posture** bien ancrée et droite, que vous soyez debout ou assis(e).
- Votre **voix** posée et audible, bien adressée au jury. Votre **intonation** variée.
- Votre **débit**, ni trop lent, ni trop rapide et varié.
- Vos **pauses** fréquentes et bien placées et votre **sourire** fréquent.
- Votre **regard** maîtrisé, toujours vers les jurés. Vos **mains** et **gestes** qui appuient vos paroles.

## 3 Comment vous entraîner ?

- Pendant vos entraînements, surtout ceux en public, **engagez-vous comme durant l'épreuve**. Jouez le jeu, demandez à vos camarades de le jouer aussi.
- **Travaillez à plusieurs** avec vos camarades de classe et vos professeurs.
- Vous pouvez **travailler seul(e)**, devant une audience fictive que vous visualisez.
- **Enregistrez-vous** avec un smartphone, notamment pour vous assurer que vous êtes **audible**, que votre **débit** est bon, que votre **intonation** évolue (pour appuyer un mot-clé, par exemple) et que vos **pauses** sont assez nombreuses et aux bons endroits.
- **Visualisez la salle d'examen** en répétant votre exposé.
- Lors de vos entraînements en public, demandez que l'on vous pose **un maximum de questions** et **jouez le rôle d'interrogateur** pour vos camarades.

Partie 1, Étape 6 ➜ p. 43

- **Installez deux personnes assises derrière une table,** cela vous aidera à appréhender le volume de votre voix et votre position dans la salle debout pour l'exposé puis, si vous le souhaitez, assis(e) pour la suite du Grand oral.
- **Simulez votre entrée** dans la salle du Grand oral et dites « *Bonjour !* » de manière tonique et sincère.

**Révisez vos deux questions**

Préparez et révisez vos deux spécialités avec autant de régularité.

**Et si vous bafouillez ?**

Il arrive à tou(te)s les orateurs(trices) de bafouiller. Cela vous arrivera sans doute, même si vous vous entraînez. Si le bafouillis est très réduit, continuez tranquillement ; s'il est un peu plus conséquent, assumez-le en reprenant votre phrase, en disant simplement « *excusez-moi* », « *je reprends* », etc. avec un sourire bien placé.

Rappelez-vous qu'il est normal de ne pas aimer sa propre voix !

**Devant un miroir ?**

- Vous entraîner devant un miroir permet de vérifier si vous ne bougez pas trop les jambes, si vous souriez souvent, si vous utilisez utilement vos mains, etc.
- Mais parler devant un miroir n'est pas naturel, vous serez meilleur(e) en vous filmant ou devant une vraie audience !

## 4 Réduisez vos tics de langage

- Ils sont l'équivalent oral des gestes parasites : vous répétez « *euh...* », « *donc* », « *voilà* », « *bon...* » sans raison.
- À ce sujet aussi, c'est **votre préparation qui vous permettra de les réduire**. Plus vous serez confiant(e) et entraîné(e), moins ce type de tics de langage apparaîtra.
- Essayez de les réduire en vous entraînant mais, comme pour les gestes parasites, **il ne faut pas que cela vous préoccupe trop** au moment de l'épreuve. Vous devrez être concentré(e) sur le contenu et tourné(e) vers le jury.
- En revanche, **vous devez vous entraîner à effacer les expressions du type** « *genre* », « *j'avoue* », « *de base* », « *grave* », « *le truc c'est que...* » ou pire « *wesh* », qui ne sont pas conformes à un contexte d'examen.

# → Soyez prêt(e) à échanger avec le jury sur votre projet d'orientation s'il vous le demande

## MSDGN / MERCATIQUE

**Exemple d'échanges avec le jury** concernant le projet d'orientation suite à un exposé oral répondant à la question « *En quoi la digitalisation modifie-t-elle la communication des entreprises ?* ».

**➔ Quel métier envisagez-vous et quelles sont les différentes voies d'orientation possibles ?**

Je souhaite devenir *Community manager* ou, plus largement, travailler dans le domaine du marketing digital. Je ne connais pas encore toutes les possibilités dans ce domaine. En résumé, je souhaite travailler dans la communication digitale au sein d'un service marketing.

Pour atteindre cet objectif, j'ai réalisé de nombreuses recherches sur les sites comme l'Onisep, Thotis ou Digischool. Ensuite, j'ai obtenu des renseignements directement auprès des différentes formations quand j'ai participé à un salon de l'orientation *L'Étudiant*. Ces échanges m'ont conforté(e) dans mon choix mais la diversité des formations proposées a soulevé de nombreuses interrogations.

D'abord dois-je privilégier une formation privée, type école de commerce, ou dois-je rester centré(e) sur les formations publiques qui sont plus accessibles financièrement parlant, comme un BUT ou un BTS ?

Ensuite le niveau de formation : dois-je m'orienter vers une formation courte comme un BTS NDRC + une Licence professionnelle, ou bien vers une formation plus longue comme un Bachelor puis un Master ?

Enfin, dois-je faire le choix de l'alternance ou d'une formation traditionnelle ?

J'ai opté pour un BUT métiers de l'Internet et du multimédia, parcours Stratégie de communication numérique et Design d'expérience en formation traditionnelle. Je ne me sens pas encore prêt(e) à travailler dans le milieu professionnel.

Ensuite, en fonction des opportunités et des stages réalisés, j'affinerai mon choix. Je compte probablement poursuivre en Master mais en alternance cette fois-ci. De nombreuses écoles de commerce et de communication proposent ce type de cursus en 1 ou 2 ans.

Je trouve ces poursuites d'études attrayantes, d'abord parce qu'elles me permettront de me spécialiser dans un domaine précis, mais aussi en raison de l'expérience apportée par les périodes d'alternance.

**Expliquez votre démarche,** notamment les recherches et actions qui vous ont permis de récolter les informations nécessaires pour votre orientation.

**Les choix d'orientation ne sont pas simples** et posent légitimement des questions. **Il est tout à fait pertinent de mettre en avant les interrogations** qui vous ont guidé(e) et les choix qui s'offraient à vous. Le jury appréciera une démarche active et réfléchie.

**Exprimez clairement votre choix de formation** en argumentant chacun des critères. Il doit être cohérent avec le métier visé mais aussi avec vos aspirations personnelles.

CONSEIL 6

# Optimisez votre temps de préparation durant l'épreuve

**Le temps de préparation de 20 minutes le jour J doit être mis à profit pour vous mettre en confiance, réaliser le support que vous aurez préparé et vous détendre.**
Ne restez surtout pas sans rien faire pendant le temps de préparation, cela vous paraîtra long et risque de vous stresser inutilement.

**Que dit le texte officiel ?**

*« Le temps de préparation permet au candidat de se mettre dans les conditions de l'épreuve. Il peut ainsi préparer la structuration de son argumentation et organiser son propos. Le candidat peut, s'il le souhaite, préparer un support sur du papier pendant les 20 minutes de préparation. Ce support est une aide pour la parole du candidat. »*

**Pense bête**

- Bien évidemment, n'oubliez pas d'apporter une montre ou un minuteur, car vous ne pourrez pas utiliser votre portable.

## 1 Mettez-vous en confiance

- **Prenez d'abord un peu de temps pour respirer profondément** avant de vous mettre à travailler, pour vous dire que tout va bien se passer.
- **Vous savez enfin à quelle question vous devrez répondre !** Vous pouvez consacrer du temps à une ultime révision, de manière détendue, car vous avez bien préparé votre Grand oral.
- **Des feuilles de brouillon** seront mises à votre disposition. Vous pouvez écrire le plan, les mots-clés, les exemples et arguments sous la forme avec laquelle vous êtes habitué(e) à travailler (plan rédigé, schéma, tableau, carte mentale, etc.), ainsi que les points principaux de votre **introduction** (en particulier la phrase de début qui vous permettra de bien vous lancer) et de votre **conclusion**. **Vous pourrez conserver ces notes et les regarder, si besoin, durant tout le Grand oral.**
- **Gérez bien votre temps de préparation**, si vous prévoyez à la fois de montrer un support et de conserver des notes écrites pendant le temps de préparation.
- Vous pouvez **répéter mentalement votre exposé** ou à voix haute (si vous ne dérangez pas un(e) autre candidat(e)), en faisant attention à la prononciation.
- Vous pouvez mieux vous **projeter dans la discussion** en répondant mentalement à quelques questions les plus probables (« *Pourquoi la question vous a-t-elle particulièrement intéressé(e) ?* », « *Quelles sont vos principales sources ?* », « *Quels sont vos choix d'orientation / où en êtes-vous dans Parcoursup ?* »). Partie 1, Étape 6 → p. 43

Lorsque que vous aurez visualisé la salle où se passera votre Grand oral, vu les deux membres du jury et fait leur connaissance, vous pouvez imaginer votre position dans la salle et comment porter vos regards vers eux.

## 2 Rédigez votre support

- **La réalisation du support est l'un des motifs principaux de ce temps de préparation.** Vous pouvez consacrer au moins 15 minutes à la rédaction du support, qui sera un atout important, même s'il n'est pas spécifiquement évalué.
- Vous n'avez pas à vous inquiéter, vous avez **préparé** votre support, vous êtes **entraîné(e)** à le rédiger de mémoire et vous avez apporté **tout le matériel nécessaire. Il ne vous reste plus qu'à le réaliser**. Prenez le temps de vous rappeler quelles en sont les grandes parties et lancez-vous.
- **Faites particulièrement attention à la lisibilité** de votre écriture ou de vos schémas, courbes et dessins, à la présence de titres, de légendes, d'une numérotation ou de l'explication d'enchaînements si vous l'aviez prévu.
- **Relisez-vous, améliorez la lisibilité** si besoin et assurez-vous de l'**absence de fautes d'orthographe**.

## 3 Détendez-vous

- Évidemment, juste avant de démarrer votre Grand oral, **vous sentirez le trac apparaître**, il vous **motivera** et donnera de l'**énergie** à votre oral. Conseil 1 → p. 54
- **Pour que votre trac ne se transforme pas en stress,** respirez profondément, faites quelques exercices musculaires simples que vous vous êtes habitué(e) à réaliser (vous trouverez des exemples en vidéos sur Internet).
- **Rappelez-vous de l'un de vos entraînements** avec vos camarades pendant lequel vous avez certainement bien ri ensemble, même si votre prestation n'était pas exceptionnelle.
- Pensez à une répétition que vous avez **particulièrement réussie**, pensez même à un **bon souvenir**, sans relation avec le Bac.
- **Visualisez votre réussite au Grand oral**, imaginez les deux membres du jury hochant la tête avec bienveillance et vous félicitant.
- Racontez-vous le moment où vous avez la confirmation de votre réussite au Baccalauréat !
- **Juste avant l'épreuve,** quand les 20 minutes de préparation seront terminées, **reconcentrez-vous, respirez** profondément et rejoignez la salle d'examen avec **détermination, sourire** et **énergie**.
- Enfin, dites-vous aussi qu'après le Grand oral, **vous serez probablement en vacances !** Prenez le temps de les imaginer…

> Rappelez-vous que le premier critère d'évaluation du Grand oral est « *la solidité des connaissances du candidat* ». Vous êtes bien préparé(e), vous connaissez votre sujet, votre support le prouve. Le jury s'en apercevra et cela vous garantit déjà une note bien supérieure à la moyenne.

CONSEIL 7

# Aspects pratiques avant le Grand oral

## 1 Comment réviser ?

- Révisez et répétez **mentalement ou à haute voix** avec des phrases complètes :
– **vos exposés :** en particulier l'introduction et la conclusion ;
– **vos supports et les notes :** entraînez-vous à les rédiger en quinze minutes environ.
- **Révisez les réponses aux questions probables.**
- **Révisez particulièrement les thèmes des programmes de spécialités** spécifiques au Grand oral.
- **Relisez les parties de programme** dans lesquels vous êtes moins à l'aise.
- **Évitez de trop travailler la veille du Grand oral**, surtout le soir.

**Actualité**

Intéressez-vous à l'actualité des derniers jours, afin de vous en servir, le cas échéant, dans votre exposé ou vos réponses aux questions des jurés.

## 2 Vos préparatifs

- **Vérifiez le temps nécessaire** pour vous rendre dans le lycée où vous passerez le Grand oral. Assurez-vous que les transports fonctionneront normalement.
- **Réunissez les documents obligatoires :** justificatif d'identité, convocation et document validé présentant vos deux questions.
- **Préparez une trousse** contenant tout le matériel nécessaire à la réalisation de vos supports.
- **Prévoyez une montre** ou un **minuteur**, une **bouteille d'eau**, un **encas** (barre de céréales ou fruit) au cas où vous en auriez besoin (évitez les produits salissants).

**On n'est jamais trop prudents**

Utilisez deux réveils et demandez à quelqu'un de votre entourage de vérifier que vous êtes levé(e) à l'heure prévue !

## 3 Votre tenue

- **Prévoyez une tenue propre**, **simple** et **sobre** dans laquelle vous serez **à l'aise**.
- **Évitez les tee-shirts**, les survêtements, les lacets défaits, les bijoux ou accessoires extravagants.
- Il n'est pas nécessaire de venir en « costume-cravate », avec des talons hauts ou une tenue trop élégante.
- **Préparez la veille du Grand oral votre tenue complète.**

**Soyez à l'aise**

Ne mettez pas une tenue neuve, évitez les chaussures trop petites ou les vêtements trop serrés !

# Le jour J devant le jury

**Enfin le Grand oral commence ! Vous verrez que vous pouvez y prendre du plaisir et obtenir d'autant plus une meilleure note. Nous allons insister ici sur certains points qui vous feront réussir le jour J.**

Nous supposons que vous avez suivi nos conseils et ceux de vos enseignants, et que vous avez efficacement préparé vos réponses aux questions, la discussion avec le jury et ce qui concerne votre orientation.

▶ Ne croyez surtout pas qu'être « à l'aise à l'oral » vous suffira pour réussir votre Grand oral. Bien au contraire, montrer un talent oratoire sans contenu risque de vous pénaliser. Le Grand oral est l'épreuve finale du Bac avec un coefficient important qui exige de la préparation !

## 1 Ayez confiance en vous et en le jury

- **La préparation de vos questions et des supports** tout au long de l'année vous mettra en confiance. Vous ne risquez aucune mauvaise surprise.
- Prévoyez **une note** avec votre plan pour gagner en confiance.
- **Le non-verbal** pèse moins que le contenu que vous avez préparé et anticipé.
- Votre public, le jury, est **bienveillant** et connaît les élèves de Terminale.
- **Le trac** va vous motiver et donner de la force à votre oral.

## 2 Faites une bonne première impression !

- **Dites un « *Bonjour !* » naturel, souriant** et bien **audible** en entrant dans la salle avant de remettre au jury le document présentant vos deux questions.
- **Entrez dans la salle la tête haute** et sans hésitation ; vous n'êtes pas un intrus : le jury vous attend.
- **Démarrez avec énergie, des sourires sincères et regardez les jurés dans les yeux.** Ce premier contact est fondamental, car la première impression est durable.
- **Gardez la même énergie** durant tout le Grand oral.

**Dire bonjour ? Serrer les mains ?**

- Inutile de préciser « *Bonjour Madame* », « *Bonjour Mesdames* », « *Bonjour Messieurs* », *ni* « *Bonjour Madame et Monsieur* », ce serait un peu forcé.
- Inutile de serrer la main aux jurés.

## 3 Demandez aux membres du jury quelles disciplines ils enseignent

- S'ils ne vous le disent pas spontanément, nous vous recommandons de **demander aux membres du jury la discipline dans laquelle ils enseignent** après qu'ils vous auront indiqué la question qu'ils ont choisie. Cela montrera de la maturité et de l'intérêt pour vos interlocuteurs. Cela vous permet aussi de savoir « à qui vous avez affaire », cela rend toujours les choses plus claires.
- **Si l'un des professeurs intervient dans l'enseignement spécifique de la question choisie**, vous pourrez vous « appuyer » sur lui, il vous comprendra et sera susceptible de vous poser des questions sur le programme. Attention à **ne pas « oublier » l'autre enseignant**.
- Connaître la discipline enseignée par l'autre professeur vous permettra peut-être d'y faire référence durant l'exposé ou la discussion. Cela montrera votre à-propos et sera très apprécié.
- Cela n'est pas obligatoire, mais vous pouvez y réfléchir une ou deux minutes durant le temps de préparation : « Quel lien y a-t-il entre mon sujet et la discipline du juré non spécialiste ».
- **Si l'un des jurés est professeur-documentaliste,** la référence à votre CDI sera appréciée.
- Rappelez-vous qu'un des deux membres du jury n'intervient pas dans l'enseignement spécifique choisi. Il peut enseigner une autre matière technologique ou alors une matière générale du tronc commun. Soyez pédagogue dans tous les cas.

**Repérez-vous**

Afin de savoir où vous en êtes dans les 10 minutes, prévoyez quelques repères intermédiaires à des moments précis de votre exposé. Vous pouvez tout à fait regarder votre montre une ou deux fois durant l'exposé pour vous assurer que vous êtes dans les temps.

## 4 Bien parler : une question de techniques

**Quelques rappels utiles**

- Vous parlez à des jurés, à des **« vrais gens »** : votre exposé n'est pas un monologue. Vous ne parlez pas à un mur, ni à un grand groupe lointain.
- **Regardez les deux membres du jury** et adressez-vous directement à chacun d'eux. Ils doivent le ressentir.
- **Dites « *Je* » et engagez-vous.** Impliquez-vous dans l'exposé et les discussions avec le jury.
- **Articulez** du début à la fin de vos phrases, faites attention au **volume** de votre voix, à votre **débit**, à la longueur de vos phrases.
- **Faites des pauses** durant votre exposé et avant de répondre. Évitez la monotonie en variant votre **intonation**.

- Montrez que vous avez travaillé : ce n'est pas du « fayotage », c'est ce que l'on attend de vous. Au-delà d'une très bonne note, cela vous procurera une grande satisfaction.
- En montrant un support au jury, vous prouvez votre travail et soutenez votre Grand oral.
- Ne craignez pas de paraître trop préparé(e). Craignez plutôt l'inverse.
- Vous entraîner ne vous empêchera pas d'être spontané(e) le jour J.

- **Placez-vous au centre de la pièce,** à environ deux mètres du jury, bien ancré(e). Évitez de trop bouger, il n'est pas nécessaire de marcher dans la pièce.
- Pensez à **sourire** et à **utiliser vos mains** pour accompagner vos propos quand cela est nécessaire.
- **Concentrez-vous sur le jury et le contenu.** Ne vous préoccupez pas trop des gestes parasites, ni des tics de langage. Si vous bafouillez ou vous grattez le nez… ce n'est pas grave !

## 5 Si ça ne va pas pendant le Grand oral

- **Si vous avez un moment de panique** ou un **trou de mémoire** durant votre exposé, arrêtez-vous et prenez le temps de respirer (si le jury s'en aperçoit, ce n'est pas grave).
- **Vous pouvez aussi le dire aux jurés :** il est possible que l'un d'eux vous relance car le professeur de spécialité connaît certainement le sujet.
- **Votre support** peut aussi être utile au jury pour vous relancer.
- N'hésitez pas à utiliser **la note** que vous aurez rédigée durant le temps de préparation.
- Au pire, si vous oubliez quelque chose, **passez au point suivant**… le jury ne savait pas que vous alliez le dire ! Si cela « vous revient » plus tard, débrouillez-vous pour l'évoquer ou le « placer » dans la discussion.
- Si malgré votre préparation et votre entraînement, vous êtes trop stressé(e) le jour J : dites-le au jury. Il sera bienveillant et en tiendra compte si vous **montrez que vous avez travaillé.**
- Si vous ne connaissez pas la réponse à une question ou si vous n'avez pas compris une question, **ne restez pas muet(te), dites-le et demandez des précisions**.

## 6 Erreurs et conséquences

- Votre support est **bâclé, mal écrit, avec des fautes d'orthographe** : vous montrez dès le début du Grand oral que vous n'avez pas préparé convenablement cette épreuve.
- Vous utilisez un registre **trop familier** : vous ne respectez pas le jury.
- Votre posture ou votre tenue ne sont pas « correctes » ; **mains dans les poches, affalé(e) sur la chaise, votre jean est troué,** etc. : vous ne respectez pas le jury.
- **Vous ne semblez pas impliqué(e),** vous ne semblez pas être intéressé(e) : le jury ne s'intéressera pas non plus à vos propos !
- **Vous ne regardez pas dans les yeux** chaque membre du jury : le jury ne se sent pas concerné.
- Votre exposé est **trop technique, mal expliqué, confus** : le juré non spécialiste ne comprendra pas votre exposé.

**À savoir**

- Rédiger un support est conseillé, mais pas obligatoire.
- Mieux vaut ne rien donner au jury plutôt qu'un mauvais support.

- **Vous ne parlez pas à voix haute ni audible,** vous êtes trop hésitant(e) : le jury est contraint de faire des efforts pour vous entendre et il est possible qu'il ne vous « écoute » pas vraiment.
- **Vous bougez trop :** vous distrayez inutilement l'attention des jurés.

## 7 Durant la discussion

- **Il y aura assez peu de questions,** chacune doit vous permettre de marquer des points.
- **Évitez les réponses fermées** (« *oui* », « *non* », « *exactement* », « *je suis d'accord* ») et développez.
- **Évitez aussi bien les phrases trop longues…** que les réponses trop courtes.
- **Écoutez les questions jusqu'à la fin,** n'interrompez pas les jurés. Assurez-vous d'avoir bien compris chaque question, si besoin n'hésitez pas à la reformuler.
- **Prenez du temps pour réfléchir** avant de répondre.

**Astuce**

- Vous pouvez donner votre opinion, ce n'est pas votre avis qui sera évalué si vous savez l'argumenter.
- Suivez l'actualité et si possible, faites-y référence.
- Relisez l'Étape 6 de la Partie 1 ➜ p. 43

## 8 Vous avez « les derniers mots »

- **Attirez l'attention des jurés sur votre conclusion** de l'exposé. Faites une pause, puis dites, par exemple : « *Pour terminer…* » ; « *Pour conclure…* » ; « *Enfin…* ».
- Concluez à la toute fin du Grand oral en restant souriant(e), droit(e), en confiance.
- **Vous pouvez simplement remercier les jurés** pour le temps qu'ils vous ont consacré ou pour leur écoute, terminer par une allusion souriante à ce qui s'est dit durant le Grand oral, et si tout s'est bien passé et que tout le monde est détendu, même leur souhaiter de bonnes vacances…
- Et de la même manière que vous avez dit « *Bonjour* », dites « *Au revoir* » !

**À LA FIN DU GRAND ORAL**

- ✔ **Nous espérons que vous aurez un sentiment de satisfaction du travail accompli, surtout si vous vous êtes impliqué(e) totalement et que vous avez cherché à obtenir la meilleure note possible en marquant le jury par votre travail et par la qualité de votre oral.**
- ✔ **Vous pourrez partir en vacances sereinement en vous disant que vous avez franchi une nouvelle étape qui vous a préparé(e) pour l'enseignement supérieur.**

# PARTIE 3

# QUESTIONS RÉDIGÉES ET COMMENTÉES

## STMG



### Comment utiliser ces questions rédigées et commentées

Ces sujets, rédigés par des enseignants, ne sont surtout **pas des modèles**, mais des exemples pour vous montrer **comment appliquer tous les conseils de préparation** des Parties 1 et 2. **En aucun cas vous ne devez reprendre l'un de ces sujets pour votre exposé du Grand oral.** Vous trouverez **pour chaque sujet** :

- **le contexte** et l'**intérêt** de la question ainsi que des **références aux programmes** de vos spécialités ;
- des exemples de **ressources utiles** pour préparer **tout au long de l'année** l'**exposé et la discussion** ;
- pour **le jour J :** un exemple de **support** et un **résumé de l'exposé oral,** accompagnés de commentaires méthodologiques et des exemples de questions que le jury pourrait poser.
  Attention, le support a uniquement pour but d'être montré au jury. Il devra être plus succinct que ceux présentés dans ce manuel ou réparti sur plusieurs feuilles.

**Étudier ces sujets vous donnera un très bon éclairage sur la manière de travailler vos propres sujets.**

SUJET 1 STMG

# En quoi la digitalisation modifie-t-elle les choix de distribution des entreprises ?

## Le contexte

→ Expliquez le contexte de la question

- Les consommateurs sont devenus digitaux, avec le développement du e-commerce puis du m-commerce. Les habitudes de consommation ont évolué et donnent naissance à de nouveaux comportements auxquels les entreprises doivent s'adapter.
- Les stratégies et canaux de distribution sont en permanente évolution. Les producteurs et les acteurs ont su réinventer leur manière de mettre leurs produits à la disposition des consommateurs en s'adaptant à leurs nouvelles attentes.
- Enfin, la crise de la Covid a amplifié et généralisé ce phénomène. Les chiffres indiquent une vraie inflexion de ces pratiques qui touchent désormais l'ensemble de la population et la majorité des secteurs d'activité. Au-delà de ses conséquences sanitaires, cette crise récente a démocratisé ces nouvelles pratiques qui sont devenues la norme.

**DOC. 1. Digitalisation du consommateur**

Les différents progrès, surtout technologiques, sont appliqués à plusieurs domaines. L'un des plus concernés est le commerce physique qui a connu une mutation profonde vers le e-commerce avec un niveau de digitalisation avancé. On assiste par conséquent à une mutation des modes de consommation et la création, au xxie siècle, d'un nouveau type de consommateur : le consommateur digital. [...]

Depuis 2014, plusieurs tendances ont montré que les connexions grimpent de façon exponentielle sur les objets connectés nomades (smartphone, tablettes) au détriment des ordinateurs. Cela suggère que le nouveau terrain d'action du consommateur digital est majoritairement mobile, sans exclure bien entendu les canaux physiques. Mais cela n'annule pas pour autant l'existence des autres appareils. [...]

La parfaite illustration de cette politique dans le secteur financier est la possibilité de faire les opérations financières par plusieurs canaux. [...] Ce secteur a pleinement intégré la complémentarité des canaux au même titre que certaines marques qui combinent magasin digital et magasin physique pour la fidélisation de leurs clients. [...]

Sans ambiguïté, la nécessité d'être multicanal semble impérieuse. En effet, le consommateur digital, poussé par une rationalité surtout budgétaire, combine plusieurs canaux afin de déterminer la meilleure offre au regard de ses exigences intrinsèques.

A. Martin, « Le consommateur digital : ses caractéristiques et ses attentes », *www.mbamci.com.*

## Tout au long de l'année

### → Préparez la question tout au long de l'année

- Dans un premier temps, reprenez vos cours de MSDGN / tronc commun, notamment les chapitres « Comment créer de la valeur et la mesurer ? » et « Comment les organisations prennent en compte les changements de modes de vie ? », ainsi que vos cours d'enseignement de spécialité concernant le thème « La distribution de l'offre » pour identifier les notions élémentaires et vous les approprier.
- Ensuite, dans le cadre de votre projet de gestion, accentuez le travail sur la distribution et la digitalisation mises en place par l'entreprise que vous avez sélectionnée ainsi que sur les attentes du consommateur et le parcours de consommation.
- Enfin, consultez des sites internet spécialisés comme *lineaires.com, lsa-conso.com* ou encore *usinenouvelle.com*.

**Pour aller plus loin**

Reprenez vos cours et recherchez des informations sur les nouveaux comportements du consommateur.

## Ressources utiles

**DOC. 2. Distribution**

*La Banque publique d'investissement (BPI) est un organisme d'État qui favorise la création et la mutation des entreprises. Sur son site interne, elle a décrit en 2020 la « distribution » de la manière suivante.*

- **Le client au cœur de la politique de distribution**

Le choix des canaux de distribution doit être fait en fonction des habitudes et comportements des clients, et non basé sur la praticité ou l'aspect économique pour l'entreprise. L'entrepreneur peut s'inspirer des pratiques des concurrents qui sont sur le marché depuis plus longtemps.

- **L'optimisation des chances avec le multicanal**

Avoir plusieurs canaux pour la distribution des produits ou services sera pertinent si l'entreprise vise des clientèles aux usages d'achats différents.

Le client peut acheter via différents canaux indépendants les uns les autres : dans un magasin, une boutique éphémère, sur internet, etc. À condition d'avoir les ressources nécessaires pour mener de front plusieurs circuits (financiers, techniques, humains).

D'après « La politique de distribution : comment l'offre va toucher vos clients », *www.bpifrance-creation.fr.*

### DOC. 3. Avec son nouveau concept DX, Décathlon casse les codes

« L'idée était de donner un coup de neuf sur le site du Campus et surtout de marquer à l'issue du confinement un avant et un après », indique Charles Felgate, [vision leader chez Decathlon].

Premier point marquant, l'offre se compose uniquement de chaussures et chaussettes pour enfants. Toujours dans l'optique de gain de temps et d'efficacité, un scanner de pied de l'entreprise néerlandaise Safesize permet de rendre ludique la vérification de la pointure. Comme toutes les chaussures du magasin ont été scannées, le système peut alors recommander les bons modèles selon la morphologie du pied. Un moyen pour les parents d'éviter une erreur de taille et pour Décathlon, de limiter les retours. [...] Le scanner de pied sera remplacé par un scanneur morphologique. Le prochain thème concerne tout le monde, avec des bonnets, gants et manteaux.

Les meubles sont sur roulettes pour faciliter les déplacements, les prix s'affichent sur des étiquettes électroniques pour un pilotage à distance et le plafond possède des lecteurs de RFID pour inventaire automatique en temps réel. « Nous voulons que les collaborateurs passent moins de 5 % de leur temps sur les tâches qui ne créent pas de valeurs afin d'échanger avec les clients », précise Charles Felgate.

Autre nouveauté, Décathlon impose son programme de fidélité pour jouer la carte de la communauté. La boutique est ouverte à tous mais pour régler ses achats, il est impératif d'être membre. Il faut scanner à l'entrée un QR Code accessible depuis l'application pour signaler sa présence en magasin. En échange, le client accède au nouveau mode de paiement Décathlon Go. Pour payer ses achats, il suffit de passer par l'un des « tunnels » dotés de lecteur RFID, de marquer un arrêt pour appuyer sur payer.

D'ailleurs DX dispose d'imprimantes 3D pour créer des prototypes, des mini-séries et même des pièces détachées pour les ateliers partout en France. Prochainement, les clients pourront même venir commander des poignées de vélo ou de trottinette qu'ils auront customisés eux-mêmes.

Avec DX, le commerce est toujours centré sur l'humain et les échanges, et la technologie vient apporter de la praticité pour trouver rapidement son produit ou payer ou encore limiter les files d'attente. Étonnamment, il n'est pas du tout question d'omnicanal ni d'e-commerce. Des réflexions sont toutefois en cours pour ajouter un service de « laisser en caisse ». « Nous imaginons à l'avenir ajouter une dimension conciergerie ».

C. Chenevoy, « Avec son nouveau concept DX, Decathlon casse les codes », *www.lsa-conso.fr.*

## DOC. 4. Les attentes des consommateurs concernant le retail

- Face aux mutations du secteur, les attentes des consommateurs quant à leur expérience en point de vente physique évoluent très vite :

- **L'essor des magasins automatiques** : ces surfaces intégralement automatisées [...] sont aujourd'hui rejetées par 60 % des Français. Elles posent en effet un certain nombre de questions : problème éthique quant à la destruction d'emplois, problème de fonctionnement quant à la nécessité de posséder un smartphone muni d'un réseau opérationnel, comment faire face aux éventuels problèmes techniques lors des scans, quid de la démarque ?

D'après « La digitalisation du point de vente : demain, tout phygital ? », *www.harris-interactive.fr.*

## DOC. 5. Camaïeu teste de nouvelles solutions digitales en magasin

Comme de nombreuses chaînes d'habillement, Camaïeu tente de digitaliser davantage ses points de vente pour les rendre plus efficaces et attractifs.

Le magasin de 220 mètres carrés a tout d'abord implémenté l'étiquetage RFID, qui permet une réception, un inventaire et un encaissement des produits de façon plus fluide. Il offre la possibilité aux clientes de venir essayer en magasin un article qu'elles ont réservé une heure avant sur Internet. Et permet aussi de tester la caisse libre-service, le client enregistrant et réglant seul son achat. Côté caisse classique, des vendeurs sont toujours présents, mais ont vocation à se placer à côté du client pour « décloisonner la relation », l'encaissement pouvant se faire de façon mobile dans l'espace de vente grâce à de petites tablettes et terminaux de paiement sans fil.

Camaïeu n'a pas lésiné sur l'écran. Qu'il s'agisse d'un support publicitaire en vitrine ou à l'intérieur du point de vente d'un écran grandeur nature sur lequel il est possible de scanner un vêtement pour découvrir ses caractéristiques, le voir porté et si besoin connaître la disponibilité d'une taille en magasin ou en ligne.

« Le digital a imposé de nouvelles normes, de nouvelles attentes des consommateurs et nos clientes veulent vivre des expériences shopping plus fluides et plus expérientielles », commente Nicolas Woussen, le président de Camaïeu.

M. Deslandes, « Camaïeu teste de nouvelles solutions digitales en magasin », *fashionnetwork*.com.

## DOC. 6. *Digital in Store*, le champ des possibles

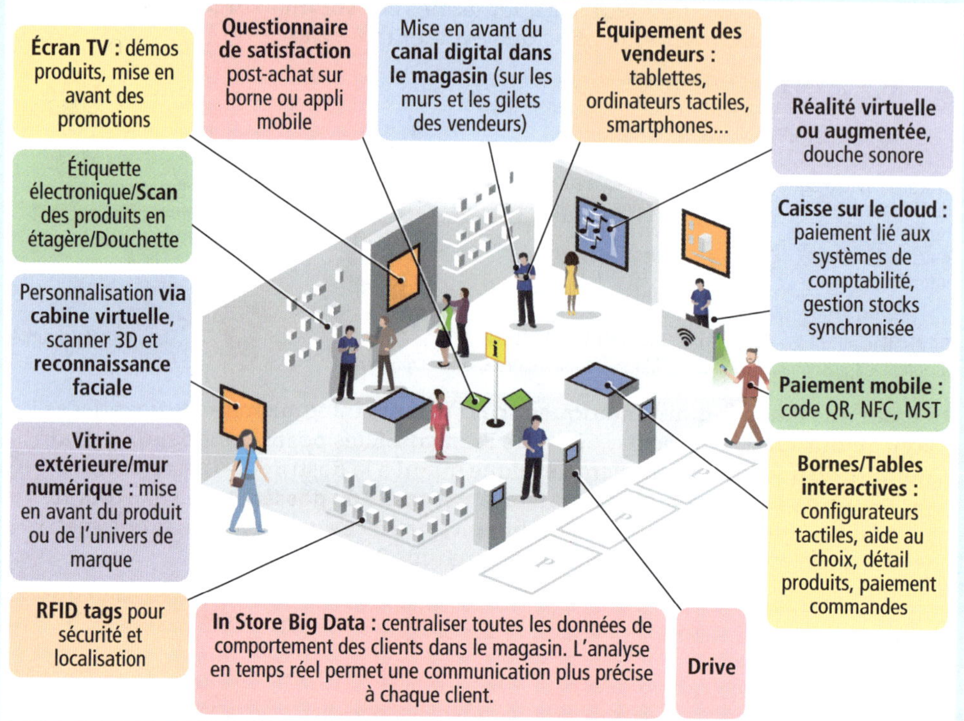


## DOC. 7. Digitalisation en grande distribution

De nouvelles attentes apparaissent alors pour les courses en magasin : praticité, rapidité et maîtrise du budget. Caisse en libre-service, scan & Go constituent l'un des moyens forts qu'ont les enseignes de digitaliser les courses du quotidien, quand on sait que 8 Français sur 10 déclarent avoir déjà renoncé à leurs achats si la file d'attente en caisse est trop longue.

Côté consommateur, le self-scanning gagne chaque jour de l'ampleur : en 2020, 40 % des Français utilisent le self-scanning pour leurs courses du quotidien, soit +17 points par rapport à 2018.

Les grands distributeurs ne cessent d'innover. La technologie Amazon Go et les caddies intelligents, tel que celui lancé par Monoprix sont probablement les prochains concepts qui nous seront proposés prochainement.

Les distributeurs l'ont bien compris : ils doivent s'adapter à un consommateur désormais omnicanal et proposer en magasin un parcours aussi fluide que sur l'e-commerce pour satisfaire ses attentes.

D'après « Le digital in-store en grande distribution : où en est-on en France », *www.budget-box.com.*

# Le jour J

40 min

## Exemples de support

EN QUOI LA DIGITALISATION MODIFIE-T-ELLE LES CHOIX DE DISTRIBUTION DE L'ENTREPRISE ?

| L'unité commerciale du futur : le phygital | |
|---|---|
| • Scanette | • Cabines d'essayages connectées |
| • Paiement digitalisé | • Caddies connectés |
| • Click and Collect | • Magasins autonomes |
| • Tablette/écran connectés | • Scanner 3D |
| | • Impression 3D |

Nathan live!

### Tableau

Un tableau est plus compréhensible qu'un texte, surtout quand il doit uniquement être montré au jury.

### Le sens avant la forme

Il n'est pas nécessaire que l'échelle soit respectée. La compréhension du sens est prioritaire.

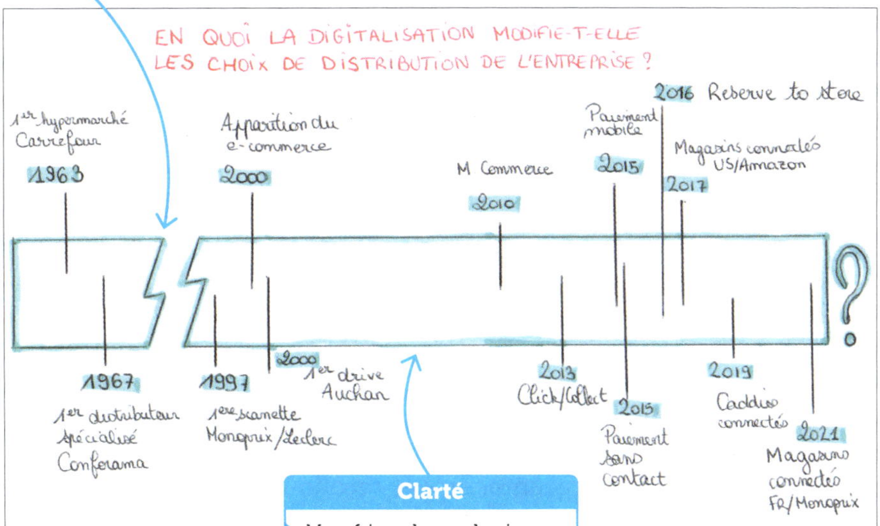


### Clarté

Une frise chronologique permettra de bien situer le contexte de votre présentation orale.

## Résumé d'un exemple de présentation orale

*Attention : le résumé de cette présentation orale dure environ 5 minutes, soit la moitié du temps prévu pour l'exposé oral.*

### En quoi la digitalisation modifie-t-elle les choix de distribution des entreprises ?

Les comportements des consommateurs se sont métamorphosés en un laps de temps très bref. Les attentes et les choix des consommateurs ont évolué au rythme des nouvelles technologies. J'ai choisi d'étudier l'impact de ces changements sur la distribution, en me demandant en quoi les nouveaux modes de consommation modifient les choix de distribution des entreprises.

La distribution a été bouleversée ces dernières années et ce, dans une grande partie des secteurs d'activité. Je vous ai représenté l'ensemble de ces évolutions sur une frise.

**Importance du support**

Montrez votre support au jury. Cela l'aidera à mieux comprendre vos explications.

Avec le développement du numérique, cette mutation s'est accélérée : on assiste, depuis moins de 10 ans, à une révolution fulgurante des comportements des consommateurs. Ces derniers ont développé de nouvelles attentes comme l'autonomie ou la rapidité et la praticité mais aussi de nouveaux modes de consommation. Je ne suis pas vraiment conscient de ces évolutions car je suis né avec.

**Personnalisez votre exposé**

N'hésitez pas à donner votre avis

Je vais, pour commencer, essayer de définir ces nouveaux modes de consommation issus de la digitalisation. On peut en distinguer deux.

**Plan**

Faites des transitions qui permettent de rendre votre plan intelligible.

Tout d'abord le *showrooming*. Il s'agit de se rendre dans les unités commerciales physiques, de regarder, essayer et choisir un produit puis d'effectuer l'acte d'achat au sein d'une unité commerciale virtuelle. L'achat se fait alors sur le site de la marque ou auprès d'un revendeur tiers. Le consommateur recherche ici le meilleur prix. Ce comportement est encouragé actuellement par les *pure players* comme Amazon. La firme a développé une application, Amazon Flow, qui permet de photographier un produit en magasin. Celui-ci est instantanément reconnu par l'application et le consommateur peut effectuer l'achat directement sur l'application.

Cela désigne aussi un autre modèle, les ROPO (*Research Online, Purchase Offline*), où le consommateur, après avoir comparé les différents produits en ligne et pris une décision, se rend directement en magasin pour réaliser son achat. Il bénéficie ainsi d'une information complète mais peut se rassurer en essayant le produit sur place tout en économisant le délai de livraison, ce qui améliore l'expérience de consommation.

**Les anglicismes**

N'hésitez pas, sans exagérer, à utiliser des mots anglais. Les apports du cours d'ETLV sont à valoriser. Attention à la prononciation et à la traduction.

Les entreprises ont identifié ces attentes puis se sont adaptées à ces nouveaux modes de consommation en développant des offres de *cross canal* puis d'*omnicanal*.

Il s'agit donc d'un nouveau lien entre les unités commerciales physiques et virtuelles.

Les sites de *drive*, développés par Auchan en 2000 et démocratisé en 2015, en sont une illustration parfaite. Sur le même principe, on peut citer les systèmes de *click and collect* proposés par les autres détaillants ou encore les offres de *reserve in store*, dont GAP a été le précurseur. Ce modèle, actuellement utilisé par Camaïeu par exemple, permet de commander un produit en ligne et de venir l'essayer en magasin une heure plus tard sans que le consommateur soit engagé par un achat.

**Astuce**

Tendez des « perches » au jury pour qu'il vous pose ensuite des questions. Évidemment il faudra préparer la réponse à ces questions et savoir, par exemple, expliquer en quoi consistent le cross et l'omnicanal.

**Soyez précis(e) !**

Donnez des faits précis, avec une date, pour étayer vos propos.

Le *click-and-collect* aussi appelé « *click and mortar* » a vécu une croissance exponentielle lors de la crise de la Covid en démocratisant ce mode de consommation à toutes les classes d'âge et de CSP.

Comme je viens de le démontrer, il est indéniable que les modes de consommation ont connu une véritable mutation ces dernières années.

On peut ainsi s'interroger sur les conséquences liées à l'émergence de ces nouveaux modes de consommation. Comment les unités commerciales physiques sont-elles repensées pour s'adapter à ces nouvelles contraintes et en faire des opportunités ? Les consommateurs ont en effet développé de nouvelles attentes relatives à la rapidité, la praticité, l'autonomie et l'enrichissement de l'expérience de consommation.

Notons pour commencer que la digitalisation permet de répondre à ces nouvelles attentes. On voit actuellement une prolifération de nouveaux outils de distribution : le paiement par mobile, le développement des caisses automatiques ou encore l'utilisation encouragée par les détaillants des scanettes, où le client enregistre ses achats lui-même. Ces outils sont devenus la norme dans la grande distribution et tendent à se développer dans le retail.

Certaines enseignes vont encore plus loin en proposant des magasins entièrement autonomes, fonctionnant entièrement de manière automatisée, sans intervention humaine. Inventé aux États-Unis par Amazon, ce système a été importé en France par Monoprix et ses « Black box ». Ces points de vente proposent une offre réduite de snacking et de produits de bases. On y accède grâce à une application mobile dédiée qui assure aussi la facturation et le paiement.

Actuellement, les entreprises rivalisent d'imagination pour proposer toujours plus d'outils fondés sur la digitalisation. Ces expériences sont menées en majorité dans des magasins test, rarement à grande échelle. Je pense, pour ma part, que le point de vente de demain

**Illustrations**

N'oubliez pas d'étayer vos propos avec des exemples concrets d'entreprises.

**Personnalisation**

Personnalisez votre exposé afin de le rendre le plus vivant possible et lancer la discussion avec le jury.

n'est pas encore abouti et sera bien différent de ce que nous vivons vous et moi lors de nos séances de shopping.

Pour conclure, on peut donc affirmer que l'essor du numérique est bien en train de modifier radicalement les modes et canaux de distribution mis en œuvre par les entreprises. Puisque les consommateurs passent de plus en plus de temps en ligne, il est indispensable que les distributeurs s'adaptent à ces nouvelles habitudes en les intégrant au maximum dans leurs systèmes de vente. On pourrait alors considérer que cette exploitation nouvelle des données digitales représente l'avenir. Néanmoins, il ne faut pas oublier que ces nouveaux outils ont un impact environnemental fort. Et finalement, cela n'est-il pas contradictoire avec l'émergence des nouvelles attentes, celles des éco-consommateurs désireux de limiter leur impact négatif sur la planète ?

J'en ai désormais terminé, merci de m'avoir écouté(e).

Nathan live! Ressources à exploiter

+ Podcast de ce résumé d'exposé sur Nathan Live !

## Exemples de questions pouvant être posées par le jury (10 min)

### Questions pouvant être posées par un professeur de spécialité

- Quelle est la différence entre le multicanal et l'omnicanal ?
- Pourquoi est-il important d'identifier les attentes et besoins du consommateur ?
- Rappelez-moi ce qu'est l'expérience de consommation.
- Quels sont les enjeux de la distribution dans le mix marketing ?
- Des pratiques comme Décathlon DX ou Camaïeu ne posent-elles pas des interrogations vis-à-vis de la RGPD ?
- Rappelez-moi le lien entre digitalisation et marketing expérientiel.

### Questions pouvant être posées par un professeur d'une autre spécialité

- Comment définissez-vous la distribution ?
- Qu'est-ce qu'un *pure player* ?
- Ces nouveaux comportements ne s'appliquent-ils qu'aux entreprises ?
- Sur votre support, je vois le mot RFID, qu'est-ce que c'est ? À quoi ça sert ?
- Pourquoi n'ai-je pas encore vu de magasin autonome dans mon quotidien ?
- Que pensez-vous d'Amazon ?
- Vous nous avez parlé d'un BUT technique de commercialisation, avez-vous déjà choisi votre parcours pour les 2 dernières années ?
- Connaissez vous les débouchés professionnels après un Bac +3 dans ce secteur ?

SUJET 2 STMG

# En quoi les nouvelles attentes des consommateurs imposent-elles de nouveaux *business models* aux entreprises ?

## Le contexte

→ Expliquez le contexte de la question

- Le développement durable et l'éco-responsabilité font désormais partie des piliers des politiques de responsabilité sociétale des entreprises (RSE). Cependant, ces attentes dépassent le cadre de l'entreprise et sont à l'origine du développement de nouveaux modèles économiques qui viennent modifier en profondeur la manière d'agir des acteurs économiques.
- Grâce à des approches novatrices comme l'économie de la fonctionnalité, circulaire ou collaborative, le modèle des plateformes et celui de l'abonnement sont actuellement en passe de devenir la norme dans les relations entre offreurs et demandeurs.
- Au-delà de ses attentes relatives à la préservation de l'environnement, le consommateur exprime clairement des besoins relatifs à la diversité du choix, au respect de ses contraintes budgétaires et à une simplification de son processus d'achat. Les nouveaux modèles économiques (ou *business models*) doivent répondre à l'ensemble de ces attentes.

**DOC. 1. Les nouveaux modèles économiques**

En France et en Europe, trois nouveaux modèles économiques émergent en faveur du développement durable. [...]

- **L'économie collaborative** est un modèle socio-économique qui repose sur le partage ou l'échange de biens, de services, de temps ou de connaissances, avec ou sans échanges monétaires. Ses acteurs revendiquent des valeurs de lien social et d'écologie, privilégiant l'usage au détriment de la possession. La France est un des pays leaders sur le marché de l'économie collaborative en Europe, et compte certains poids lourds comme Blablacar, le premier réseau de covoiturage dans le monde [...]
- **L'économie circulaire**, selon le ministère de la Transition écologique, consiste à « produire des biens et des services de manière durable, en limitant la consommation et les gaspillages de ressources ». Ce modèle s'inspire du fonctionnement cyclique des écosystèmes, en opposition avec le modèle de l'économie linéaire qui consiste à extraire, fabriquer, consommer puis jeter. En France, le concept d'économie circulaire apparaît officiellement dans la loi relative à la transition énergétique pour la croissance verte du 18 août 2015, qui a reconnu la transition vers une économie circulaire comme un objectif national et comme l'un des piliers du développement durable.
- **L'économie de la fonctionnalité** peut se définir comme un système privilégiant l'usage plutôt que la vente d'un produit. Elle vise à développer des solutions intégrées de biens et services, dans une perspective de développement durable.

« Les nouveaux modèles économiques », *www.cci.fr.*

SUJET 2 STMG

## Tout au long de l'année

### → Préparez la question tout au long de l'année

- Dans un premier temps, reprenez vos cours de Première spécialité « Management », en particulier le thème 3 sur les stratégies des organisations. Puis révisez ceux de « Science de gestion et numérique ».
- Dans un deuxième temps, lisez vos cours de Terminale spécialité « Mercatique » montrant l'influence du consommateur sur la distribution, puis ceux de MSDGN portant sur les nouvelles attentes et les modèles économiques : « Comment les entreprises prennent-elles en compte les changements de modes de vie ? », « Comment créer de la valeur et la mesurer ? »
- Enfin, consultez des sites internet en utilisant les mots clés suivants : nouvelles attentes consommateurs, modèles économie, plateformes, économie d'usage, création de valeur.

**Pour aller plus loin**

Regardez des vidéos de présentation de l'entreprise Veja et/ou le magazine *ADEME & Vous* (n° 106) sur l'économie de la fonctionnalité.

## Ressources utiles

### DOC. 2. Économie de la fonctionnalité

*L'économie de la fonctionnalité s'inscrit pleinement dans la démarche de transition vers une économie verte. Elle consiste à remplacer la notion de vente du bien par celle de la vente de l'usage du bien »* [...].

**Qu'est-ce que c'est ?**

L'économie de la fonctionnalité peut se définir comme un système privilégiant l'usage plutôt que la vente d'un produit dans une perspective de développement durable. Ainsi, l'échange économique ne repose plus sur le transfert de propriété de biens, qui restent la propriété du producteur tout au long de son cycle de vie, mais sur le consentement des usagers à payer une valeur d'usage. [...]

**Quelques exemples**

La manufacture française des pneumatiques Michelin a développé une offre durable de mobilité en commercialisant non pas des pneumatiques mais des kilomètres parcourus. [...] En outre, les offres de services de la marque permettent une gestion intégrale du poste pneumatique bus ou camion et garantissent aux clients des économies de carburant liées notamment à la bonne gestion de l'équipement pneumatique et à l'accompagnement à l'éco-conduite.

**Que fait-on en sa faveur ?**

- C'est une alternative économiquement viable comme en témoignent les nombreux exemples de sociétés qui ont choisi de changer de modèles économiques.
- C'est un modèle économique plus sobre sur le plan des ressources et de la pollution grâce [...] à l'optimisation de l'utilisation des ressources et des biens.

D'après « L'économie de la fonctionnalité », *www.ecologie.gouv.fr.*

## DOC. 3. Économie collaborative

L'économie collaborative s'avère être aujourd'hui un mode novateur de consommation en matière d'échanges sur des plateformes d'offres de biens et de services entre particuliers. Le développement du numérique ouvre à ce modèle économique des perspectives importantes en écho à l'intérêt grandissant des consommateurs et des entreprises.

**Qu'est-ce que l'économie collaborative ?**

Les pratiques liées à l'économie collaborative recouvrent aujourd'hui tous les domaines de la vie quotidienne : équipement, maison, travail, électronique, activités pour les enfants, mode, financement, loisirs, transport, etc. Il s'agit du recours à des plateformes en ligne (sites internet, applications mobiles), alternatives privilégiant les transactions entre particuliers.

Ces pratiques rencontrent un succès croissant auprès des Français, dont les deux tiers se disent désormais prêts à partager leurs objets plutôt que les posséder, soit +11 points en 3 ans. Et un tiers a déjà eu recours à des plateformes non-marchandes, durant l'année 2017. [...]

Selon une étude menée en 2015 par la Direction générale des entreprises (DGE) sur l'économie collaborative, les nouvelles pratiques des particuliers ont pris une forte ampleur et sont maintenant ancrées dans les habitudes des Français. Les chiffres indiquent que neuf Français sur dix déclarent avoir déjà réalisé au moins une fois une pratique de consommation collaborative.

**Quels sont les facteurs de développement de ce modèle ?**

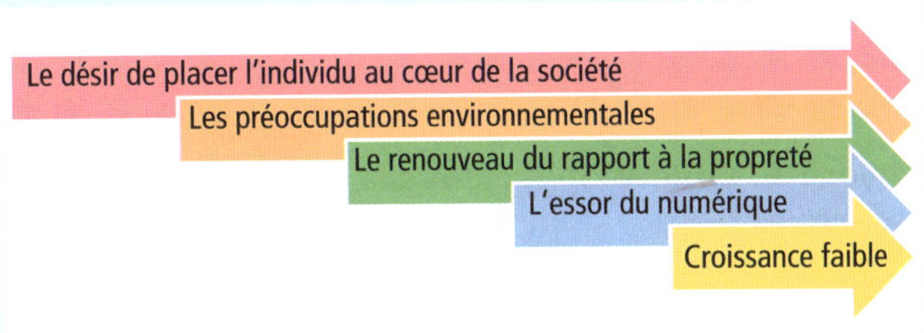


D'après « Économie collaborative », *www.economie.gouv.fr.*

## DOC. 4. Leboncoin en chiffres : 1er sur les marchés immobilier, automobile et emploi

**Automobile**

- **12 millions** de visiteurs uniques chaque mois
- **3 millions** d'annonces en ligne
- **92 %** de parts de marché sur les pros voitures sur l'année 2017

**Immobilier**

- Élu **Marque préférée des Français** dans la catégorie « Sites immobiliers »
- Plus d'une annonce immobilière sur deux et sur Leboncoin
- **72 %** des professionnels de l'immobilier diffusent sur Leboncoin

**Emploi**

- **2,8 millions** de visiteurs uniques par mois
- **400 000 recruteurs** ont déposé une annonce en 2017

« Leboncoin fait le point sur sa réussite et annonce la suite », *business.ladn.eu*, 21 sep. 2018.

## DOC. 5. La révolution de l'économie de l'usage ne fait que commencer

*Échange avec Michaël Mansard, directeur de la stratégie de ZUORA, société de logiciels d'entreprise spécialisée dans la gestion de services par abonnement, et Wolfgang Ulaga, professeur de marketing (INSEAD).*

**À quoi attribuez-vous ce changement de mode de consommation ?**
L'économie de la fonctionnalité est une émanation de l'économie circulaire qui consiste à produire des biens et des services de manière durable et donc de passer d'une société du tout jetable à un modèle économique circulaire. 73 % des Français citent le bénéfice environnemental comme un bénéfice de l'abonnement. [...]

**L'économie de l'abonnement est-il le modèle économique d'avenir ?**
L'abonnement répond à l'enjeu de performance économique des entreprises, il offre un modèle flexible et rassurant. [...] Ce modèle répond aussi au besoin du consommateur d'être acteur de sa consommation : comment veut-il utiliser un bien ou service, combien de temps en a-t-il vraiment besoin... Il gagne en visibilité et en liberté. De plus, l'abonnement permet une personnalisation exceptionnelle du service pour chaque client. [...]

**Dans quel secteur l'abonnement est-il le plus prisé ou adapté ?**
Compte tenu de ses avantages, l'économie de l'abonnement est une lame de fond qui concerne tous les secteurs économiques. On peut distinguer les « adeptes avancés » comme Netflix, Zoom, Doctolib et des modèles *BtoB* hybrides comme Schneider Electric [...]. En grande consommation, on peut citer la Maison Verte et son offre d'abonnement à des recharges pour ses emballages durables.

Scribeo, « La révolution de l'économie de l'usage ne fait que commencer », *www.bfmtv.com.*

## DOC. 6. Les diversités et développement des plateformes dans les secteurs économiques

« Enjeux et perspectives de la consommation collaborative », Pôle interministériel de Prospective et d'Anticipation des Mutations.

## DOC. 7. Les plateformes dévorent le monde

On peut en première approche définir une plateforme comme un intermédiaire de confiance mettant en relation un ou des offreurs et des utilisateurs de services et de solutions.

En d'autres termes, la plateforme désigne tout lieu d'échanges où se rencontrent l'offre et la demande de façon dématérialisée. [...]

On peut également en donner une définition un peu plus complète sous l'angle économique en disant que les plateformes mettent en jeu des modèles économiques créant de la valeur en facilitant les échanges et les interactions au sein d'un ensemble cohérent de parties prenantes (une chaîne de valeur, une filière, une communauté d'intérêt, etc.) et en mettant à disposition de ces acteurs des services via une infrastructure digitale.

Ce qui est très caractéristique des plateformes et qu'il faut retenir, c'est que le modèle de plateforme vise à créer de la valeur à partir d'un écosystème alors que les modèles économiques plus traditionnels se déploient de manière plus « linéaire ». [...]

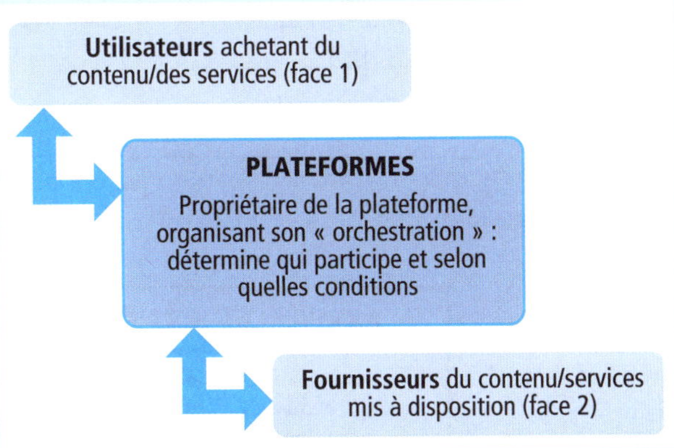


Les modèles de revenus des plateformes sont divers :

- La **commission** : lorsque la mise en relation vendeur / client donne lieu à une transaction, alors la plateforme reçoit une rémunération. C'est typiquement le cas d'Amadeus qui reçoit une commission en fonction du trafic généré.
- Les modèles **Freemium** : la solution de base est gratuite (elle s'applique sur une offre limitée ou alors elle suppose que l'utilisateur accepte la publicité par exemple). En revanche ce qui est payant c'est l'offre complète ou sans publicité. Exemple typique dans l'industrie de streaming musical avec Spotify ou Deezer.
- Le modèle par **abonnement** : le client paie un abonnement pour avoir accès au service proposé. C'est le cas par exemple de Netflix.
- Le modèle « ***Pay as you go*** » (paiement à la demande, à l'usage), typiquement une des formules proposées par Velib'.
- Le modèle « ***Crowdsourcing*** » : ce modèle consiste à faire participer gratuitement un groupe à la création d›un produit ou à la réalisation d'un service. Cette collaboration d'un grand nombre de personnes est récompensée en donnant accès à du contenu. Waze est un parfait exemple de ce modèle.

**Éléments clés d'une plateforme :**

- Bien faire correspondre l'offre et la demande.
- Expérience client : simplifier le parcours client et le rendre le plus fluide possible est clé dans le succès de la plateforme. La plateforme doit permettre l'adhésion rapide de l'utilisateur, faire en sorte que la complexité soit gérée par la plateforme, simplifier au maximum l'offre tout en ajoutant de nouvelles fonctionnalités.
- Effet réseau.
- Innovation.
- Maîtrise de la technologie et orchestration de la gouvernance des données.

D. Célisse, « Les plateformes dévorent le monde », *www.caissedesdepots.fr*.

# Le jour J

40 min

## Exemple de support

EN QUOI LES NOUVELLES ATTENTES DES CONSOMMATEURS IMPOSENT-ELLES DE NOUVEAUX BUSINESS MODELS AUX ENTREPRISES ?

| NOUVELLES ATTENTES DU CONSOMMATEUR | | | |
|---|---|---|---|
| Disposition d'une grande diversité d'offres différentes | Accessible rapidement et en un seul lieu | Des pratiques respectueuses de l'environnement | Des attentes relatives à l'entraide et à la solidarité |

\+

| NOUVELLES CONCEPTIONS ÉCONOMIQUES | | |
|---|---|---|
| Économie collaborative | Économie circulaire | Économie de la fonctionnalité |

=

MODÈLE DES PLATEFORMES

MODÈLE DE LA LOCATION

**Astuce**

Utilisez des opérateurs qui permettent, d'un coup d'œil, de comprendre les relations de causes à effets.

**Astuce**

N'écrivez pas les définitions que vous connaissez bien. Le jury sera incité à vous interroger dessus.

**Taille du support**

Le support doit être écrit le plus gros possible pour être visible par le jury lorsque vous le montrerez.

**De la rigueur**

Attention à l'orthographe. Le support n'est pas noté mais donne une impression sur le candidat qui influence le jury.

## Résumé d'un exemple de présentation orale

*Attention : le résumé de cette présentation orale dure environ 5 minutes, soit la moitié du temps prévu pour l'exposé oral.*

### En quoi les nouvelles attentes des consommateurs imposent-elles de nouveaux *business models* aux entreprises ?

Ces dernières années, les attentes des consommateurs ont évolué et ont donné naissance à de nouveaux comportements. De nouveaux courants de l'analyse économique ont modélisé ces phénomènes : économie de la fonctionnalité et économie du partage. Dans le cadre de la démarche mercatique, les entreprises ont identifié ces nouvelles attentes et proposent des offres adaptées à chaque nouveau comportement.

**Importance de l'introduction**

N'oubliez pas de situer votre sujet dans les notions de cours et indiquez votre plan au jury.

Pour commencer, je vous parlerai du modèle économique des plateformes. Puis, je m'intéresserai aux modèles relatifs à l'économie de partage et de fonctionnalité. Ceci me permettra de vous expliquer comment les « nouveaux consommateurs » influencent désormais l'offre des entreprises.

**La promesse**

Comme en communication commerciale, indiquez au jury ce qu'il apprendra lors de votre exposé.

Les consommateurs veulent désormais avoir accès à une grande diversité de produits et ils veulent trouver tous ces produits au même endroit. Ils veulent aussi que le prix soit le plus bas possible. Enfin, l'impact écologique et les notions de solidarité et d'entraide sont devenus des critères importants.

La digitalisation donne une nouvelle impulsion à la réponse à ces demandes, grâce aux plateformes d'intermédiation. D'abord fondé sur l'échange entre particuliers, ce modèle économique a progressivement été adopté par les entreprises. L'offre de valeur consiste à proposer aux offreurs et demandeurs un lieu d'échange sécurisé et ergonomique. La distribution se fait via une plateforme en ligne (sur ordinateur ou grâce à une application mobile) et la rentabilité est assurée par le prélèvement d'une commission sur chaque vente mais aussi grâce aux revenus publicitaires.

**Astuce**

Tendez des « perches » au jury pour qu'il vous pose ensuite des questions.

**Plan**

Utilisez des connecteurs logiques pour guider l'écoute du jury. La compréhension sera meilleure.

Des *pure players* apparaissent, Le Bon Coin pour les biens ou BlaBlaCar pour le service de covoiturage, tous deux créés en 2006. Ces entreprises ont connu un succès tel qu'elles sont désormais classées parmi les licornes exemplaires. Je me sers moi-même de Blablacar pour une partie de mes déplacements.

**Personnaliser**

Personnalisez autant que possible votre exposé.

D'abord réservées aux particuliers, les plateformes d'intermédiation ont ensuite été investies par les marques et les producteurs qui se positionnent comme offreurs. Cela leur permet de bénéficier d'une nouvelle clientèle potentielle. C'est un nouveau canal de distribution.

Par la suite, les entreprises traditionnelles elles-mêmes ont ajouté ce type de transactions à leur offre physique. Elles cherchent ainsi à améliorer l'expérience de consommation, la satisfaction du client et donc la fidélisation. D'autres propositions visent à compléter l'offre ou à offrir de nouveaux moyens de distribution. Nature et Découvertes a commencé par compléter son offre physique par une offre web en mettant en relation sa clientèle avec des vendeurs tiers, puis la plateforme s'est élargie à l'offre de services. Elle propose désormais des soins de naturothérapeutes ou des randonnées nature. Décathlon, quant à lui, s'est lancé récemment dans une plateforme proposant des séjours sportifs à sa clientèle.

Compte tenu de l'ampleur du phénomène, on comprend donc que ce mode de consommation soit devenu intuitif et normal pour une majorité des consommateurs, particulièrement dans les secteurs de l'immobilier ou même de l'emploi (Le Bon Coin domine largement Se Loger et supplante Pôle Emploi).

Parallèlement, la prise de conscience écologique a fait émerger une autre vision de l'économie, celle de la fonctionnalité, et donc un nouveau business model, celui de l'abonnement.

Ce concept consiste à remplacer l'achat d'un bien par la vente d'un usage permettant de satisfaire le même besoin mais de manière optimale.

**Mots clés**

N'hésitez pas à insister sur certains mots clés pour bien vous faire comprendre. Cela peut passer par une pause, un regard appuyé, un geste…

Historiquement, ce modèle, aussi désigné comme économie du partage, a débuté avec les loueurs, principalement de véhicules. Elle concerne désormais des biens de consommation courante. Elle est aussi solidement implantée dans le *BtoB* : une entreprise comme Kiloutou permet aux entreprises clientes de diminuer leur besoin de financement.

Toujours dans le *BtoB*, Michelin vient de révolutionner le transport routier en louant des pneus, permettant ainsi aux transporteurs une économie substantielle et des performances accrues.

Désormais, les offres des entreprises s'orientent vers les consommateurs et visent le quotidien des ménages. Certaines marques, comme Eurêcook ou The Closet, choisissent de répondre à des besoins primaires ponctuels mais récurrents. Le premier propose de louer à la journée du matériel de cuisine. Le second permet de louer des vêtements pour des occasions ponctuelles. Personnellement, je préfère quand même détenir le bien plutôt que de louer.

Plateformes d'échanges de biens ou de services, abonnement ou encore économie circulaire, comme l'on vient de le constater, ces nouveaux modes de consommation ont connu un essor notable ces dernières années. Plus responsables et respectueuses de notre planète et de ses limites, ces habitudes de consommation vont-elles s'inscrire dans la durée ou ne sont-elles qu'une mode passagère ? C'est la question que l'on doit se poser et, aussi, on doit s'interroger sur la consommation énergétique des data centers nécessaires à ces modèles.

Je vous remercie de m'avoir écouté(e).

Nathan live! **Ressources à exploiter**

+ Podcast de ce résumé d'exposé sur Nathan Live !

## Exemples de questions pouvant être posées par le jury 10 min

### Questions pouvant être posées par un professeur de spécialité

- Pouvez-vous citer d'autres modèles économiques innovants ?
- Quelles sont les trois composantes d'un modèle économique ?
- Rappelez moi les fondements de l'économie du partage.
- Pourriez-vous développer l'intérêt de la plateforme de Nature et Découvertes en détaillant votre réponse par rapport au processus d'achat du consommateur ?
- Vous citez la démarche mercatique, pourriez-vous m'en rappeler les étapes ?
- Quels sont les auteurs à l'origine de l'économie de la fonctionnalité ?
- Comment des entreprises comme Booking ou Blablacar créent-elles de la valeur ?
- Quelles sont les différents services proposés par les plateformes ?
- À votre avis, ces nouveaux modèles économiques ont-ils un impact sur l'emploi ?
- Pour quelles raisons préférez-vous avoir le bien plutôt que de louer son usage ?

### Questions pouvant être posées par un professeur d'une autre spécialité

- Qu'est-ce qu'un *business model* ?
- Pourriez vous m'expliquer le sens du mot licorne dans votre exposé ?
- Qu'est-ce que le *BtoB* ?
- Qu'est-ce qu'un pure *player* ?
- Que sont Eurêcook et The Closet ?
- Je ne comprends pas votre élargissement dans la conclusion, pourquoi parlez-vous d'écologie ?
- Comment avez-vous trouvé les chiffres que vous avancez, à savoir par exemple que Le Bon Coin a supplanté Pôle Emploi pour trouver du travail ?
- Pourriez-vous m'expliquer simplement la notion d'économie circulaire ?
- Comment une entreprise comme Booking gagne-t-elle de l'argent ?
- Pensez-vous que Michelin pourrait aussi me louer des pneus à moi, particulier ?
- Vous nous avez dit envisager un BUT techniques de commercialisation. Envisagez-vous de poursuivre vos études après le BUT ?
- Avez-vous identifié des écoles proposant un cursus dans le marketing digital ?

SUJET 3

# En quoi la marque employeur influence-t-elle le recrutement des entreprises ?

## Le contexte

**→ Expliquez le contexte de la question**

- Le marché du travail est en pleine mutation sous l'effet de différents facteurs qui tiennent à l'évolution de l'économie, une concurrence accrue entre les entreprises, l'apparition de nouvelles générations sur le marché du travail…
- Pour faire face à ces mutations, les entreprises ont développé une nouvelle manière de faire à la frontière entre les ressources humaines (RH), le marketing et la communication. C'est la marque employeur qui est en plein développement et pourrait modifier les fondements des pratiques RH.
- Cette notion de marque employeur est affichée par les responsables RH comme un outil prépondérant dans leurs usages de demain mais n'est pas encore démocratisée car c'est un process global qui représente un coût significatif pour l'entreprise…

**DOC. 1. Marque employeur : les chiffres clés**

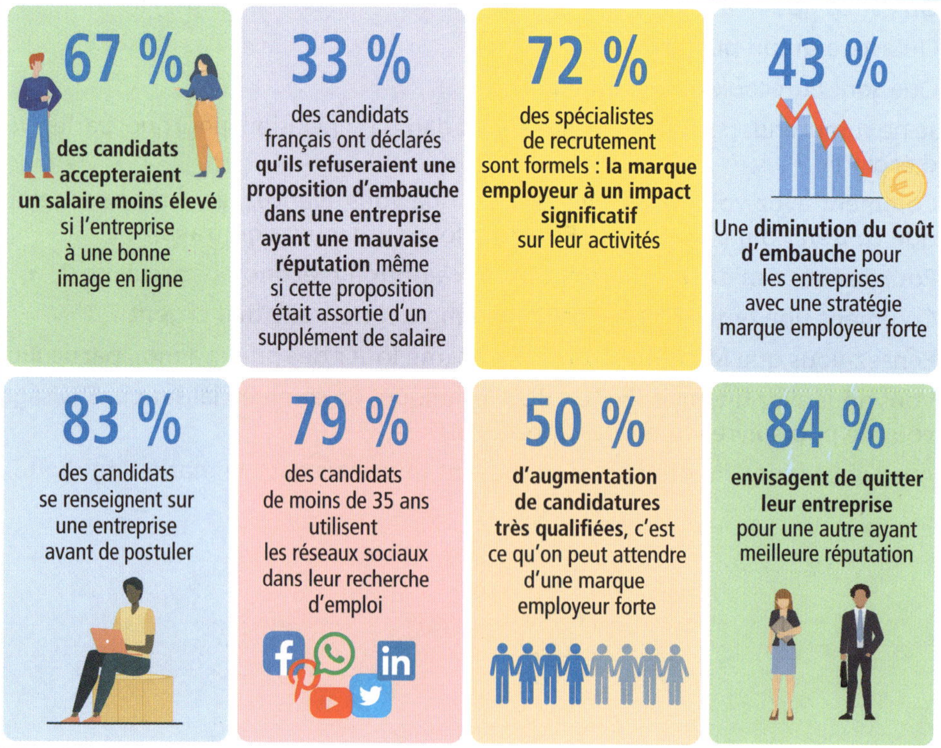


*www.agencemoonlight.fr.*

Tout au long de l'année

## → Préparez la question tout au long de l'année

- Dans un premier temps, reprenez vos cours de Première spécialité Sciences de gestion et numérique, en particulier le thème 1 : « De l'individu à l'acteur ».
- Dans un second temps, lisez vos chapitres de Terminale spécialité Ressources humaines et communication : « Le besoin en recrutement », « La mobilité professionnelle », puis ceux de MSDGN : « Quelles ressources humaines pour produire ? » et « La prise en compte des nouvelles attentes des acteurs de l'organisation ».
- Enfin, consultez des sites internet en utilisant les mots clés : marque employeur, recrutement, flexibilité quantitative et qualitative, conditions de travail, culture d'entreprise…

**Pour aller plus loin**

Faites des recherches sur les générations Y, Z et les *digital natives*. Elles modifient les attentes des salariés.

## Ressources utiles

### DOC. 2. Trame de la marque employeur

La marque employeur est un point à ne plus négliger pour attirer les meilleurs talents ! […] C'est en toute logique que le marketing s'est invité dans les départements RH des entreprises qui mettent désormais ses outils et méthodes à profit. Cette démarche se nomme « marque employeur ».

**Qu'est-ce que la marque employeur ?**
Il s'agit d'une stratégie qui revêt la notion de réputation de l'entreprise, de ses valeurs, son organisation, sa communication, etc., auprès d'un public tant interne qu'extérieur à l'entité. […]

Elle englobe non seulement la gestion interne des ressources humaines, mais également tous les électrons externes attenants : différents partenaires pour le recrutement, candidats, universités, écoles, etc. […]

**Pourquoi mettre en place une telle stratégie ?**
[…] Médias sociaux, technologies mobiles, génération Y, Z, etc., sont autant d'éléments désormais à prendre en considération lorsque l'on souhaite que son organisation reste pérenne, compétitive et attractive. […]

Pour satisfaire cet impératif, l'entreprise doit repenser ses pratiques et développer de véritables stratégies relationnelles en interne, avec ses collaborateurs, comme en externe, avec les futurs candidats. […] Toutefois, pour que cette stratégie s'avère gagnante, elle doit être abordée comme une approche globale de l'image de l'entreprise. Elle ne peut se borner aux questions d'embauche, comme c'est trop souvent le cas. On parlerait alors de marque recruteur…

R. Granger, « Développer sa marque employeur », *www.manager-go.com*.

## DOC. 3. Définition des contours de la marque employeur

*La marque employeur est un élément important des ressources humaines. Elle joue un rôle-clé pour le recrutement, l'évolution des salariés et la réputation globale de l'entreprise.*

[...]

Grâce au développement des outils digitaux, les candidats accèdent en quelques clics aux informations sur les métiers, les salaires ou les conditions de travail des entreprises. D'où la nécessité de maîtriser ces informations en développant un discours transparent et attractif, valorisant la culture de l'entreprise et ses engagements (notamment en termes de RSE). Plus l'image de l'entreprise est positive, plus elle a des chances d'attirer les profils dont elle a besoin.

Par ailleurs, des salariés convaincus par le discours et les pratiques RH de leur entreprise auront tendance à valoriser celle-ci. Plutôt que de restreindre leur champ d'expression, il faut les considérer comme les ambassadeurs naturels de la marque employeur.

*« La marque employeur ? C'est de la communication externe auprès des candidats potentiels, et interne auprès des salariés de l'entreprise. Pour ma part, j'ai aussi une vision très business de la marque employeur car cela touche indirectement les clients et les prospects qui ont également accès au site carrière, aux réseaux sociaux... Une marque employeur de qualité signifie que l'entreprise est une entreprise de confiance, capable d'attirer les meilleurs talents. »*

Aurore Berlingard, chargée de recrutement de Proximedia (groupe Publicis)

« Qu'est-ce que la marque employeur ? », *www.pole-emploi.fr.*

## DOC. 4. Tensions sur le marché du travail avant la crise de la Covid

En 2019, les tensions sur le marché du travail augmentent pour la quatrième année consécutive, atteignant leur plus haut niveau depuis 2011. Cette progression est associée à des besoins croissants de recrutement dans un contexte où la main-d'œuvre disponible diminue. Les tensions sont particulièrement fortes dans le bâtiment, où les projets d'embauches sont très nombreux, ainsi que dans l'industrie, où le vivier de candidats est réduit. [...]

**Six indicateurs des tensions sur un secteur professionnel :**

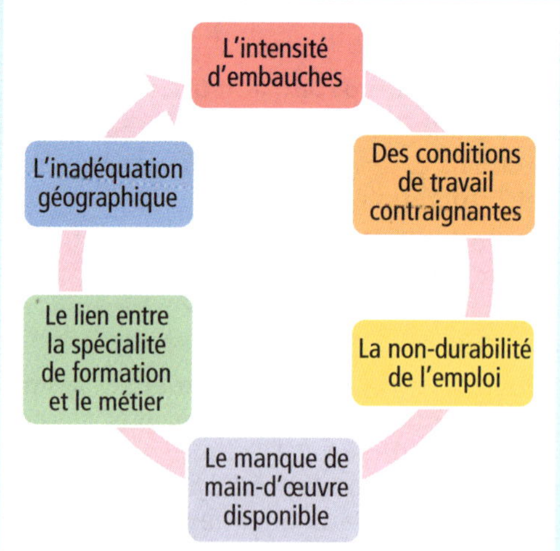


Dares, « Les tensions sur le marché du travail en 2019 », *Dares résultats*, n° 32.

## DOC. 5. Le marché du travail post-Covid

Depuis 2020, la crise de la Covid-19 a largement bouleversé le marché du travail dans le monde entier. [...]

**Le télétravail est voué à se développer**

McKinsey estime que 20 à 25 % des travailleurs au sein d'entreprises tertiaires pourraient télétravailler 3 à 5 jours par semaine. [...] Les entreprises anticipent déjà ce changement en réduisant leurs espaces de travail. 30 % d'entre elles envisagent de réduire la surface de leurs espaces de travail. [...]

**Le recours à la technologie (l'intelligence artificielle) impactera les postes à basse qualification.**

Dans des secteurs d'activité qui requièrent une main-d'œuvre peu qualifiée, l'automatisation des tâches et le recours à l'intelligence artificielle (IA) ont considérablement augmenté. [...] Les salariés devront monter en qualification.

**Les salariés seront amenés à changer de métier plus souvent**

McKinsey nous montre qu'après la pandémie, près de la moitié des collaborateurs qui quitteront un poste à bas salaire seront obligés de monter en compétences pour trouver un nouveau travail. [...] En France, en Allemagne et en Espagne, cette tendance va toucher les femmes presque quatre fois plus que les hommes. [...]

**Le rôle crucial des entreprises et des gouvernements pour accompagner ces changements**

Les entreprises ont montré une adaptabilité et une flexibilité remarquables lors de cette pandémie. [...] Par exemple, les entreprises peuvent proposer à leurs collaborateurs des formations pour les faire évoluer et monter en compétences sur de nouvelles tâches.

D'après « Le futur du travail après la Covid-19 », *resources.grouperandstad.fr.*

## DOC. 6. Concept et contraintes de la marque employeur

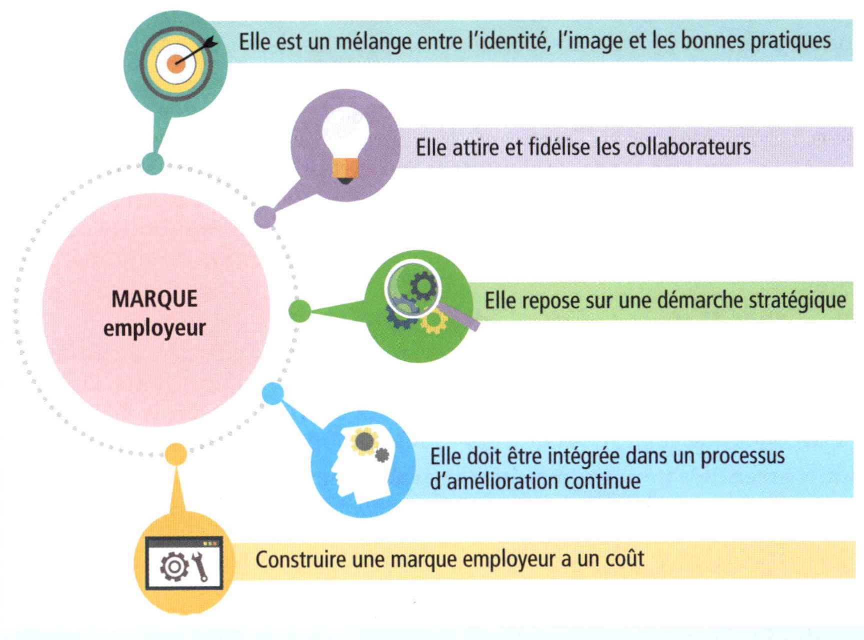


*www.groupesfc.fr.*

## DOC. 7. Contrôle de la marque employeur

*inbound.lasuperagence.com.*

## DOC. 8. Les tendances du recrutement

**Se démarquer de la concurrence, une priorité pour les recruteurs**

La concurrence autour de l'acquisition de talents est particulièrement féroce en France comparée au reste du monde. [...] À ce titre, développer sa marque employeur est l'une des méthodes les plus efficaces pour se distinguer de la concurrence. Transmettez un message clair combinant habilement ce que recherchent vos candidats cibles et la proposition de valeur unique de votre entreprise. Si vous y parvenez, vous attirerez les candidats appropriés, ce qui implique également une diminution du taux de roulement du personnel. [...]

**La marque employeur repose sur la collaboration avec les services marketing**

De nombreuses équipes de recrutement rencontrent des difficultés avec la marque employeur, en particulier en France, où 25 % seulement des responsables affirment que leur équipe est principalement responsable de la marque employeur, contre 30 % au niveau mondial. C'est pourquoi ils se tournent vers leurs partenaires marketing pour obtenir de l'aide. [...] Cette collaboration explique aussi pourquoi de nombreuses entreprises disposent de jusqu'à cinq personnes pour la gestion de leur marque employeur.

**La culture d'entreprise capte efficacement l'attention des candidats**

Les candidats et les recruteurs sont sur la même longueur d'onde : la culture d'entreprise est primordiale pour se distinguer des autres employeurs. Outre la culture, les candidats sont plus intéressés par la vision à long terme de l'entreprise et les avantages qu'elle propose que par sa réputation.

**Des outils essentiels pour promouvoir et évaluer votre marque**

Les équipes s'appuient généralement sur leur site de recrutement et sur LinkedIn pour développer leur notoriété. [...] C'est pourquoi, en plus des mesures liées aux réseaux sociaux et aux sites web, les équipes se tournent vers des sources de données plus originales, comme celles des enquêtes internes ou les récompenses des meilleurs employeurs.

Coll., « Les tendances du recrutement en France en 2017 », LinkedIn Talent Solutions.

# Le jour J

40 min

## Exemple de support

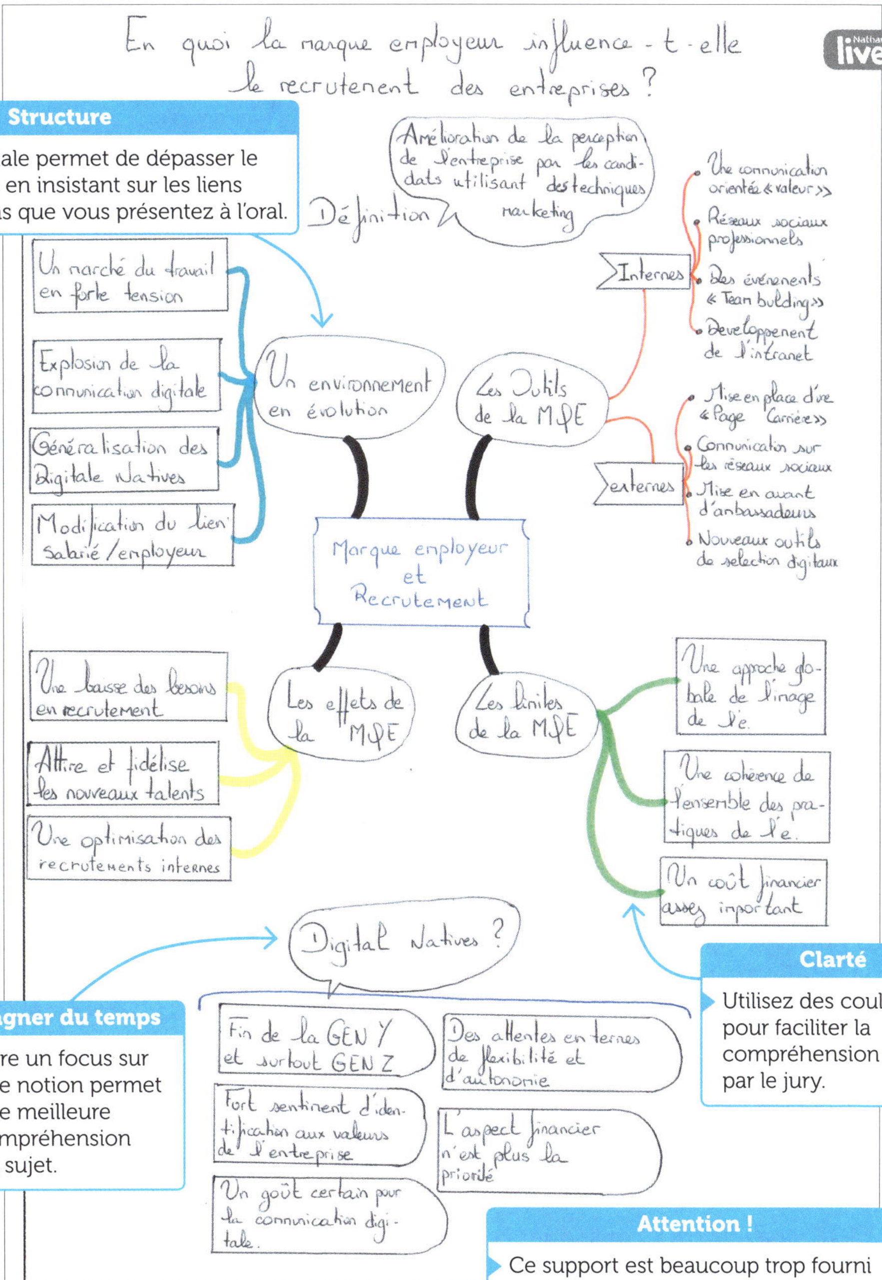


**Structure**

Une carte mentale permet de dépasser le cadre d'un plan en insistant sur les liens entre les notions que vous présentez à l'oral.

**Clarté**

Utilisez des couleurs pour faciliter la compréhension par le jury.

**Gagner du temps**

Faire un focus sur une notion permet une meilleure compréhension du sujet.

**Attention !**

Ce support est beaucoup trop fourni en l'état. Seule l'une ou l'autre partie de cette carte mentale devra être reproduite et montrée au jury le jour du Grand oral.

## Résumé d'un exemple de présentation orale

*Attention : le résumé de cette présentation orale dure environ 5 minutes, soit la moitié du temps prévu pour l'exposé oral.*

### En quoi la marque employeur influence-t-elle le recrutement des entreprises ?

À l'heure des réseaux sociaux et des *success stories*, les entreprises doivent trouver des moyens pour rester attractives, pour les consommateurs, bien sûr, mais aussi pour leurs futurs collaborateurs. J'ai choisi de vous parler de la « marque employeur », aussi appelée MQE, et des outils dont elle dispose. Mon objectif est de démontrer que cette démarche optimise le recrutement.

**La promesse**

Comme en communication commerciale, indiquez au jury ce qu'il apprendra lors de votre exposé.

J'ai découvert ce concept lors de mon projet sur Innocent, le fabricant de jus de fruits. L'ensemble de leurs actions pour rendre leur entreprise attractive auprès des salariés m'a interpellé.

**Mettre en avant le projet**

N'hésitez pas à mentionner et à valoriser le projet réalisé en classe.

Dans un premier temps, je vais vous expliquer ce qu'est la marque employeur et pourquoi ce concept se développe. Ensuite, j'étudierai plus précisément les impacts de la MQE à la fois sur les techniques de recrutement et sur les candidats. Pour finir, j'évoquerai les limites et les contraintes liées à la MQE.

**Plan**

Annoncer votre plan et utilisez des connecteurs logiques pour guider l'écoute du jury.

La MQE est un concept qui se situe à la croisée entre les ressources humaines, le marketing et la communication digitale. On trouve quatre facteurs expliquant son essor :
– la tension qui règne sur le marché du travail : malgré un fort taux de chômage en France (8,1 % de la population active), il existe de nombreuses disparités sectorielles et géographiques, rendant le recrutement difficile ;
– les nouvelles générations sont des *digital natives* qui ont une approche inédite de la relation au travail que vous pouvez voir sur le support que je vous ai remis ;
– les salariés qui aspirent à de la flexibilité, de l'autonomie, de la considération et une réelle personnalisation ;
– la communication digitale qui a pris une ampleur considérable : réseaux sociaux, communautés et *followers* déterminent l'e-réputation des entreprises.

**Soyez précis**

Citez les documents avec des chiffres. Ce sont des arguments ayant du poids lors de votre exposé.

Par exemple, on peut citer les pratiques de MQE mises en œuvre par les géants de la Silicon Valley qui tiennent compte de ces facteurs.

La MQE va avoir trois conséquences immédiates.

**1.** Tout d'abord, elle réduit le besoin de recrutement car elle augmente la fidélisation des salariés en réduisant le taux de *turn-over*.

**Astuce**

Tendez des « perches » au jury pour qu'il vous pose ensuite des questions dont vous aurez préparé les réponses.

2. En renforçant le lien salarié/employeur, la MQE améliore la mobilité interne, ce qui va aussi diminuer la durée et le coût des recrutements. La réduction des coûts de recrutement est estimée à 43 % selon une étude de Randstad en 2018.

**Utilisez vos mains**

Vous pouvez tout à fait mimer 1, 2 et 3 quand vous parlez pour donner du poids à vos propos.

3. Enfin, la marque employeur va attirer les nouveaux talents grâce à un recrutement externe plus qualitatif. Pour se développer et faire face à la concurrence, les entreprises doivent attirer les meilleurs profils. La MQE permet d'obtenir un gain de 50 % de candidatures qualifiées. De plus, près de 70 % des salariés disent être prêts à accepter un salaire plus bas si l'entreprise est porteuse d'un projet et de valeurs qu'ils partagent.

Concrètement, on peut maintenant se demander comment la MQE est appliquée au recrutement. Elle s'appuie tout d'abord sur un effort de communication préalable, via la mise en place d'un site Carrières. Celui-ci présente l'entreprise, son histoire et ses valeurs. Il donne la parole aux collaborateurs qui y relatent leur expérience et donnent leur avis sur l'entreprise. Le site Carrières présente aussi l'actualité de l'entreprise et, enfin, il recense les postes à pourvoir. À cela s'ajoute un recours régulier aux réseaux sociaux (79 % des candidats recherchent un emploi par ce biais désormais), ou encore la mise en place de blogs et réseaux sociaux au niveau interne, afin que la MQE se nourrisse de la réalité de l'entreprise pour rayonner à l'externe.

Les recruteurs vont aussi privilégier le recours à divers outils de communication à distance ou, par exemple, les entretiens en *after work*, dans un souci de rapidité, de praticité et de modernité. Enfin, les tests de sélection peuvent désormais être proposés en ligne (tests de langue, par exemple), et s'accompagner de simulations virtuelles ou en réalité augmentée.

La marque employeur semble donc un outil idéal. Mais il ne suffit pas de proposer quelques améliorations de façades pour que la MQE soit efficace. C'est une démarche qui exige une cohérence totale. L'offre de l'entreprise, ses valeurs, sont autant de facteurs de structuration de la MQE.

Il est aussi indispensable que l'entreprise fasse preuve d'une vraie transparence. Impossible, avec les outils de communication actuels, d'embellir la réalité ! La marque Veja l'a parfaitement compris : sur son site, elle communique autant sur ses points faibles et ses lacunes que sur ses atouts. Le recours au « *RH washing* » est à proscrire : le badbuzz n'est jamais loin et la MQE repose sur une relation de confiance.

**Des cas d'entreprises**

Mentionnez certaines entreprises qui ont déployé les outils présentés. Votre travail en sera enrichi et l'attention du professeur de l'autre spécialité sera attirée.

Pour que la MQE ne perde pas son sens et ne nuise pas au bon fonctionnement des entreprises, les RH vont devoir apprendre à l'exploiter efficacement. Quant aux entreprises, elles vont être contraintes de fonctionner en tenant compte de ces nouvelles exigences des salariés et futurs salariés sans perdre en rentabilité.

J'espère vous avoir convaincu(e) et je suis prêt pour approfondir certains points.

**Nathan live! Ressources à exploiter**

+ Podcast de ce résumé d'exposé sur Nathan Live !

## Exemples de questions pouvant être posées par le jury 10 min

### Questions pouvant être posées par un professeur de spécialité

- Quelles sont les actions MQE de l'entreprise Innocent ?
- Rappelez-moi comment se détermine le *turn-over* dans une entreprise ?
- Quelles sont les deux grandes catégories de recrutement ?
- Vous abordez les tests linguistiques, pourriez-vous me donner d'autres exemples d'outils de sélection des candidats ?
- À quel besoin pour l'entreprise le recrutement vient-il répondre ?
- Rappelez-moi les enjeux du *onboarding* ?
- Quelles sont les obligations légales qui pèsent sur l'employeur lors d'un recrutement

### Questions pouvant être posées par un professeur d'une autre spécialité

- Pourquoi avez-vous choisi cette question ?
- Parlez-nous de votre projet concernant Innocent.
- Pourriez-vous me donner des précisions sur la marque Veja et ses pratiques ? Je ne la connais pas.
- Je ne sais pas ce que sont les générations que vous abordez dans le début de votre exposé, pourriez-vous m'éclairer ?
- Qu'est-ce qu'un site Carrières ?
- Vous parlez des méthodes de la Silicon Valley. Quelles sont-elles ?
- Quel est l'intérêt des entretiens en *after work* ?
- Il existe ce qu'on appelle le « *bad buzz* » : savez-vous de quoi il s'agit ?
- Pourquoi la MQE fait-elle baisser les coûts de recrutement ?
- Pourquoi la MQE attire-t-elle des profils plus qualitatifs ?
- Vous nous avez dit être intéressé(e) par une carrière RH. Quel parcours d'orientation avez-vous choisi pour l'instant ?
- Est-ce que ma MQE influencera votre choix d'employeur ?
- Au-delà d'un service RH, avez-vous une idée des autres débouchés après des études dans ce domaine ?

SUJET 4

# En quoi l'amélioration de la qualité de vie au travail (QVT) est-elle facteur de motivation pour les salariés ?

## Le contexte

**→ Expliquez le contexte de la question**

- Les ressources humaines sont un enjeu majeur pour les entreprises. À la fois parce qu'elles représentent une des dépenses les plus importantes, alors que la concurrence internationale fait peser des enjeux de compétitivité importants, et parce que la qualité et l'engagement des collaborateurs sont nécessaires au succès d'une entreprise.
- Le marché du travail est structurellement en tension sous l'effet d'une inadéquation entre l'offre et la demande. Or l'épisode de la Covid ainsi que l'arrivée de nouvelles générations risquent de complexifier davantage le choix de l'entreprise.
- La motivation est un facteur clé de succès qui permettra aux entreprises de surmonter ces difficultés. Cependant, le bilan est assez négatif : « seulement 6 % des salariés se disent engagés au travail » (Enquête Gallup, mars 2018). La qualité de vie au travail (QVT) tente une nouvelle approche pour remettre les entreprises sur la voie de la performance.

### DOC. 1. Définition de la qualité de vie au travail (QVT) selon l'Anact

L'Anact (Agence nationale pour l'amélioration des conditions de travail) a publié une modélisation de la QVT pour rendre le concept plus concret.

Il n'y a pas une QVT mais plusieurs ! Elle dépend de la perception de chaque individu. Dans un même cadre de travail, des personnes différentes auront des perceptions différentes de leur QVT. [...]

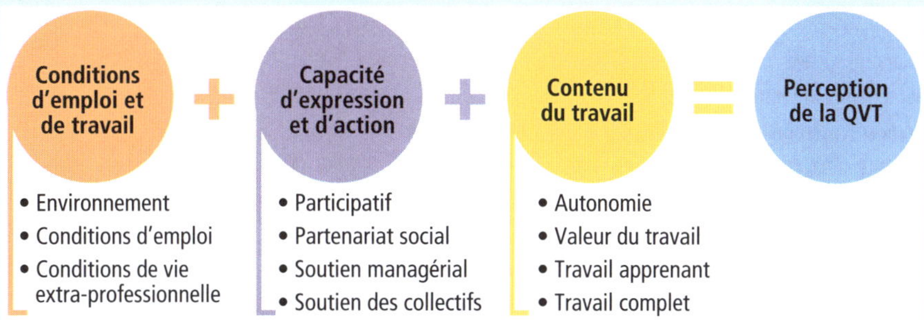


Ainsi, selon l'Anact, la QVT ne tient pas compte du confort ou encore du salaire [...]. Une représentation très humaine qui donne une belle part de responsabilité aux managers et aux RH [...]. La QVT, au final, c'est un principe juridique ET managérial. Si l'objectif est de simplifier la part administrative des négociations sociales, la QVT relève surtout de l'intégration du salarié dans son intégralité au sein de l'entreprise.

« La QVT, de quoi parle-t-on ? », *www.qualisocial.com*.
D'après : https://www.qualisocial.com/la-qvt-de-quoi-parle-t-on/

**Tout au long de l'année**

## → Préparez la question tout au long de l'année

- Dans un premier temps, reprenez vos cours de Première spécialité « Sciences de gestion et numérique », en particulier le thème 1 : « De l'individu à l'acteur ».
- Dans un second temps, lisez vos cours de Terminale spécialité « Ressources humaines et communication », le thème 2 « Les facteurs de motivation et de satisfaction », « Le dialogue social », puis ceux de MSDGN : « Quelles ressources humaines pour produire ? » et « La prise en compte des nouvelles attentes des acteurs de l'organisation ».
- Enfin, consultez des sites Internet en utilisant les mots-clés : QVT, motivation, vie privée/professionnelle, flexibilité…

## Ressources utiles

### DOC. 2. QVT, une réalité légale

La loi Rebsamen de 2015 et l'ANI (Accord national interprofessionnel) de 2013 sur la qualité de vie au travail ont amené les entreprises à négocier un accord unique pour l'amélioration de la QVT [...]. Selon l'ANI : « La qualité de vie au travail désigne et regroupe sous un même intitulé les actions qui permettent de concilier à la fois l'amélioration des conditions de travail pour les salariés et la performance globale des entreprises, d'autant plus quand leurs organisations se transforment ».

| 12 OBLIGATIONS DE NÉGOCIER | 3 BLOCS DE NÉGOCIATIONS |
|---|---|
| **1.** Salaires effectifs/durée effective du temps de travail/organisation du temps de travail<br>**2.** Intéressement, participation et épargne salariale | 1 Rémunération, temps de travail et répartition de la valeur ajoutée |
| **3.** Protection sociale complémentaire des salariés<br>**4.** Égalité femme/homme<br>**5.** Handicap, insertion professionnelle et maintien dans l'emploi<br>**6.** Pénibilité<br>**7.** Droit d'expression<br>**8.** Qualité de vie au travail<br>**9.** Conciliation entre vie personnelle et vie professionnelle | 2 Qualité de vie au travail |
| **10.** Contrat de génération<br>**11.** GPEC<br>**12.** Déroulement de carrière des salariés exerçant des responsabilités syndicales | 3 Gestion des emplois et des parcours professionnels |

« La QVT, de quoi parle-t-on ? », *www.qualisocial.com.*
D'après : https://www.qualisocial.com/la-qvt-de-quoi-parle-t-on/

## DOC. 3. La démarche QVT

| | Santé | Sociétal | Marché |
|---|---|---|---|
| **Thèmes** | RPS, MCE, maintien dans l'emploi, prévention de l'usure... | Diversité, égalité professionnelle, seniors, équilibre de vie, temps de transport, attractivité... | Innovation des produits et prestations, réduction des coûts, changement technologique... |
| **Action des entreprises** | Soutien individuel, cellule RPS, DURPS, adaptation du poste... | Horaires flexibles ou variables, charte, télétravail... | Réorganisation, Lean, progiciel, mutualisation, aménagement des espaces, refonte des process... |
| **Méthodes proposées par l'Anact** | Diagnostic, appui au plan de prévention, formation DURPS, évaluation des pratiques de prévention | Enquête, analyse des données sociales, analyse des situations problèmes... | Appui à la conduite du changement, co-conception de projet de transformation numérique, évolution des métiers, développement de l'employabilité |

Les conditions dans lesquelles les salariés exercent leur travail et leur capacité à s'exprimer et à agir sur le contenu de celui-ci déterminent la perception de la qualité de vie au travail qui en résulte.

*www.anact.fr*
D'après : https://www.anact.fr/qualite-de-vie-au-travail-la-demarche-anact

## DOC. 4. La QVT, structuration du concept

Source : Aract, région Paca

**DOC. 5. Facteurs de motivation des salariés**

La motivation des collaborateurs est un facteur déterminant pour augmenter la productivité du personnel. En effet, c'est un élément clé du succès des entreprises. Cependant, d'une manière générale, les facteurs prédominants dans la motivation au travail dépendent de la personne et de l'orientation de cette dernière. [...]

Par ailleurs, la place des salariés évolue au sein de l'entreprise. Un salarié motivé au travail présente un comportement et une activité très bénéfique pour l'entreprise. [...]

Chaque personne possède un dispositif de motivation qui lui est propre.

S'ils souhaitent que l'entreprise reste viable, les dirigeants doivent motiver les collaborateurs. Ces derniers doivent adapter leur langage, modifier si besoin leur mode de management mais également améliorer leur communication. Voici les principaux facteurs de motivation au travail.

- **La rémunération**

Il s'agit d'un levier classique et un facteur de motivation indiscutable. Cependant, il faut qu'elle possède véritablement un impact durable sur la motivation des collaborateurs.

La rémunération n'est pourtant pas la seule chose qui peut motiver un collaborateur. Cela peut aussi bien être un facteur de motivation comme de démotivation. Une chose est sûre : un dispositif de motivation adéquat doit être mis en place.

- **La culture et le projet d'entreprise**

C'est réellement l'un des éléments qui permettra au collaborateur de s'investir et surtout de durer dans l'entreprise. Être intéressé par les différents projets permet de se donner à fond.

- **Les conditions de travail**

Jouir par exemple d'une certaine autonomie dans le quotidien est source de motivation pour le collaborateur. De même que pouvoir travailler dans de beaux locaux ou encore avoir des horaires flexibles.

- **Le management et la communication**

Ces deux éléments sont très importants dans le processus de motivation. En effet, un manager qui communique permet aux collaborateurs d'avoir une vision claire. Motiver par le dialogue social est indéniable ! En effet, la limitation des conflits et la facilitation du dialogue contribuent au bien-être du collaborateur. Ce dernier sera beaucoup plus investi et motivé.

- **Le développement des compétences professionnelles**

L'augmentation des connaissances, par exemple par le biais du tutorat ou de la formation, permettra au collaborateur d'évoluer au sein de l'entreprise, d'être plus autonome mais aussi plus efficace.

Y. Belho, « Les 5 principaux facteurs de motivation au travail », *myrhline.com*.
D'après https://myrhline.com/type-article/les-5-principaux-facteurs-de-motivation-au-travail/

## DOC. 6. Les liens entre QVT, engagement et performance

En réalité, l'effet des politiques de QVT est un élément trop difficile à isoler pour pouvoir affirmer le lien entre QVT et performance de manière aussi directe. Ce que les études nous confirment en revanche, c'est que l'engagement des salariés et leur implication favorisent la performance. Le bien-être des salariés serait à l'origine de plus de 25 % des variations de performance entre employés.

**La théorie de l'autodétermination** (Deci et Ryan 2002, Cartwright et Cooper 2009) est un des grands principes qui sous-tend et précise ce lien. Elle affirme que plus la motivation est « intrinsèque » (fierté du travail bien fait, réalisation personnelle...), meilleures sont les performances au travail. Quand la motivation vient de l'extérieur (gratification, conditions de travail), l'engagement progresse, mais de manière moins forte et moins pérenne.

**L'implication des salariés** est également un facteur de performance reconnu. Les organisations qui ont mis en place des approches participatives, avec un dialogue social efficace, obtiennent de meilleurs résultats. [...]

Les **autres avantages** reconnus d'une politique de QVT sont :

- **Un meilleur recrutement** : les entreprises cherchent de plus en plus à se démarquer sur le terrain de la marque employeuse, face à des candidat.es plus exigeant.es, notamment en matière d'équilibre de vie. Des classements d'entreprises et des portails comme Glassdoor mettent en concurrence les entreprises et publient leur performance en termes de bien-être au travail.
- **La rétention des talents** : quand on sait qu'un recrutement sur deux se solde par un échec au bout de 18 mois, et que le coût moyen d'un recrutement est évalué entre 15 000 et 45 000 €, on fait tout pour garder ses équipes : parcours personnalisés, outils modernes, environnement de travail inspirant.
- **La réduction de l'absentéisme et du *turnover*** : les actifs français sont absents en moyenne 18,6 jours/an, un chiffre en augmentation, qui pèsent aussi sur les coûts de prévoyance des entreprises.

**Les liens entre QVT et performance**

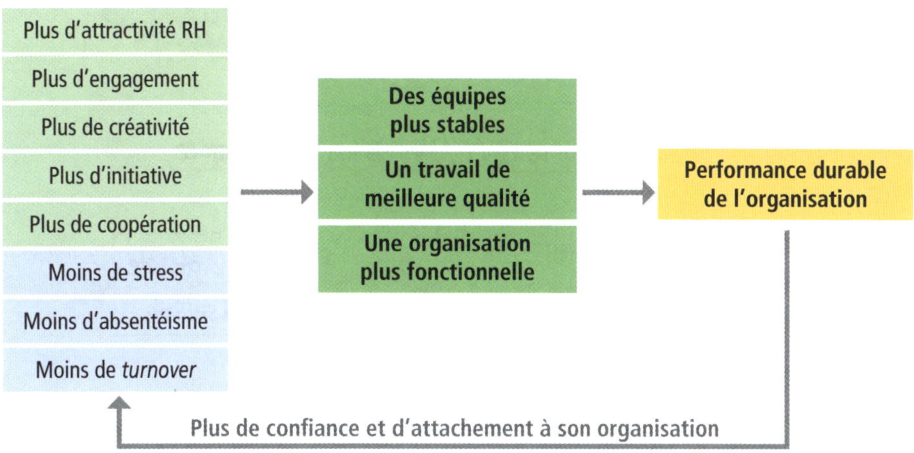


B. Combes, « Qualité de vie au travail : le guide en 6 questions », *www.ateliersdurables.com*.
D'après https://www.ateliersdurables.com/qvt-qualite-de-vie-au-travail-guide-2021

# Le jour J

40 min

## Exemple de support

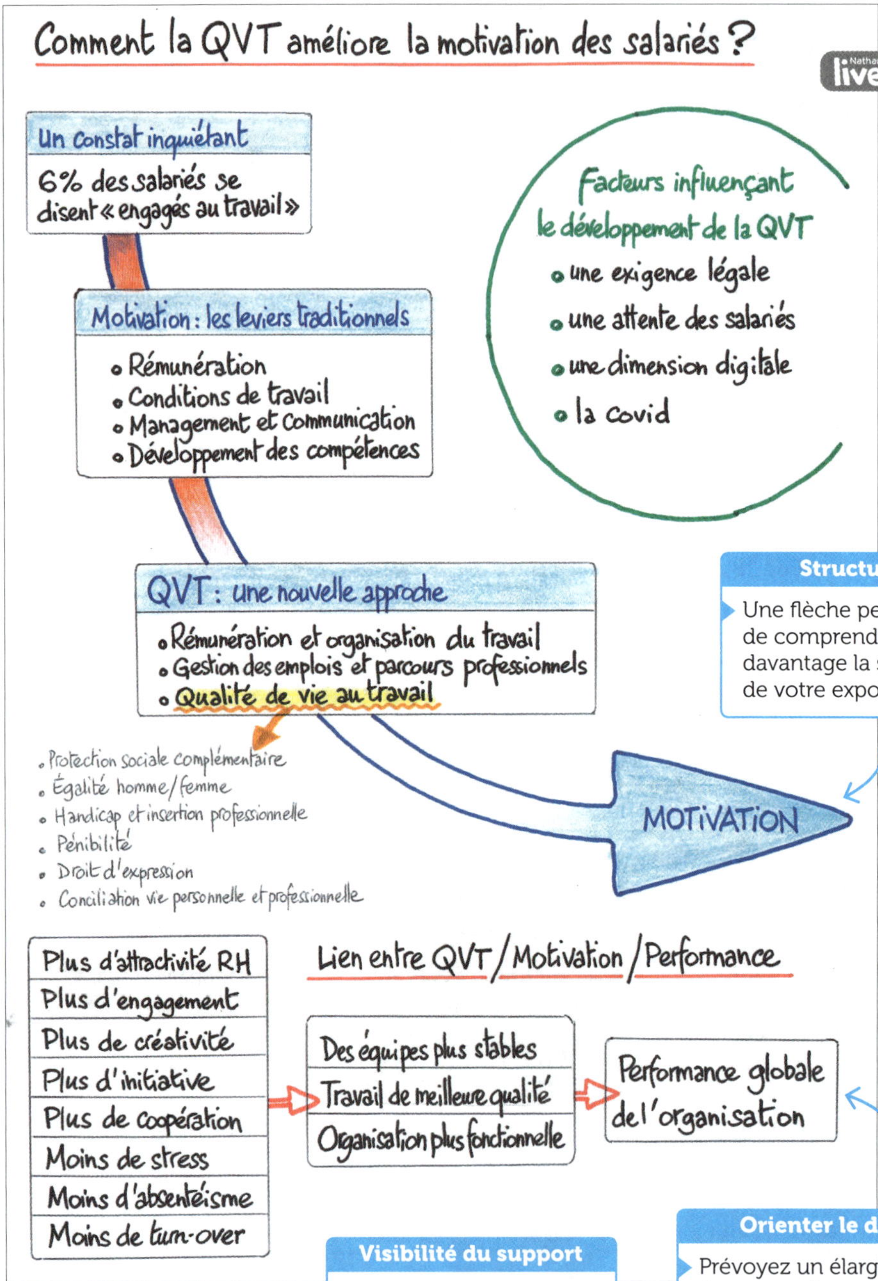


**Structurer**

Une flèche permettra de comprendre davantage la structure de votre exposé.

**Visibilité du support**

Pour être visible lorsqu'il sera montré au jury, ce support doit être réalisé sur plusieurs feuilles.

**Orienter le débat**

Prévoyez un élargissement de votre sujet pour inciter le jury à vous questionner sur des éléments que vous avez préparés.

## Résumé d'un exemple de présentation orale

*Attention : le résumé de cette présentation orale dure environ 5 minutes, soit la moitié du temps prévu pour l'exposé oral.*

Selon l'Institut Gallup, en 2018, seulement 6 % des salariés se disent « engagés au travail ». Ce constat est alarmant lorsque l'on sait que la motivation est un des facteurs influençant la productivité et la compétitivité internationale des entreprises. J'ai choisi de me concentrer sur la motivation des salariés et sur les leviers qui pouvaient l'améliorer.

**Résultats expérimentaux**

N'oubliez pas de situer et de justifier votre sujet dans les notions de cours.

Je souhaite vous montrer que l'amélioration de la qualité de vie au travail (QVT) permet d'améliorer la motivation des salariés. Nous pourrions discuter du lien entre motivation et productivité lors de l'entretien.

**La promesse**

Comme en communication commerciale, indiquez au jury ce qu'il apprendra lors de votre exposé et adressez-vous à lui.

Tout d'abord, je vais vous expliquer ce qu'est la QVT.

**Plan**

Utilisez des connecteurs logiques pour guider l'écoute du jury.

C'est une démarche qui permet d'améliorer en même temps les conditions de travail, la qualité de service et les performances des organisations. C'est une philosophie qui dépasse les simples conditions de travail. La QVT porte un regard à 360° sur la relation salarié/travail dans et hors de l'entreprise.

La QVT est subjective. Un homme et une femme ont des attentes différentes, de la même manière qu'un jeune actif sera plus sensible à une prime alors qu'un senior préférera du temps libre. De même, les attentes sont différentes dans les villes ou les zones rurales.

Néanmoins, un corpus juridique vient préciser et encadrer la QVT. Il s'agit de l'Accord national interprofessionnel (ANI) de 2013 et de la loi Rebsamen de 2015. Ces textes rendent obligatoires certains points de la QVT lors des négociations annuelles entre employeurs et salariés, et pérennisent les progrès en QVT.

Maintenant que je vous ai expliqué ce qu'est la QVT, je vais étudier en quoi elle va être source de motivation pour les salariés.

Selon Vallerand et Thill, deux psychologues spécialisés dans l'analyse de la motivation, cette dernière est « l'ensemble des forces internes et externes produisant le déclenchement d'un comportement et sa persistance ».

Selon une étude réalisée par Ipsos pour le compte de Steelcase dans 17 pays, 54 % des salariés français sont démotivés par leur travail, un des pires constats au monde et au sein des pays de l'OCDE.

**Des références précises**

Utilisez des faits et des chiffres précis en mentionnant vos sources pour étayer votre argumentation.

Afin d'améliorer la situation, les organisations ont à leur disposition cinq leviers essentiels : augmenter la rémunération globale ; faire progresser la culture d'entreprise et son projet ; améliorer les conditions de travail ; perfectionner les techniques de management et de communication au sein même de l'entreprise ; favoriser le développement des compétences professionnelles.

La QVT englobe tous ces facteurs de motivation et les dépasse même !

En effet, la QVT va au-delà des éléments mesurables, comme la rémunération globale ou les conditions de travail (sur le plan strictement matériel). Elle prend aussi en compte des facteurs immatériels plus complexes à quantifier, proches de la psychologie, car fondés sur le ressenti des salariés.

**Mots clés**

N'hésitez pas à insister sur certains mots clés pour bien vous faire comprendre. Ces derniers structurent votre exposé.

La QVT prend en considération le besoin de reconnaissance du salarié. Il faut pour cela mettre en place des dispositifs évaluant les performances individuelles. Ils permettent de repérer et récompenser les talents, par exemple avec des primes et en leur proposant une évolution professionnelle.

La QVT s'appuie aussi sur l'identification de l'entreprise. Les salariés sont plus investis quand ils développent un sentiment d'appartenance, en s'associant aux valeurs et aux projets de leur employeur. Une bonne communication interne, cohérente avec la communication externe, est ainsi fondamentale.

Pour faire progresser la qualité de vie au travail, il faut aussi améliorer les relations au sein de l'entreprise. D'un point de vue vertical tout d'abord : entre salariés et managers. Le contenu de l'information et son canal de transmission doivent être adaptés aux attentes des salariés. Le développement des *soft skills* est indispensable pour faire progresser le « travailler ensemble ». Le management « toxique » doit absolument être évité. Pour cela, il faut systématiser les formations au management et mettre en place des actions qui permettront aux managers et aux salariés de mieux se connaître.

**Astuce**

Tendez des « perches » au jury pour qu'il vous pose ensuite des questions.

Enfin, la QVT travaille aussi sur la conciliation entre vie personnelle et professionnelle. La diversité des situations individuelles doit être reconnue et prise en considération : distance domicile-travail, moyen de transport utilisé, composition du foyer, responsabilités familiales… L'ensemble de ces éléments doivent être intégrés afin d'adapter les horaires de travail ou la composition des équipes. On peut par exemple mettre en place des horaires flexibles (comme dans l'entreprise de ma mère) ou utiliser un tiers lieu de travail.

Comme nous venons de le voir, la QVT est très efficace pour faire progresser la motivation des salariés, laquelle influe sur les performances des entreprises.

Néanmoins, elle nécessite un investissement financier qui peut être important. Comme elle laisse une grande part à des critères subjectifs et individuels, il est parfois difficile de s'adapter à la diversité des salariés. Enfin, la QVT doit s'intégrer dans une démarche globale, qui nécessite parfois des transformations profondes et rend sa mise en place complexe pour beaucoup d'entreprises.

Mon exposé est terminé et je suis prêt(e) à répondre à l'ensemble de vos interrogations.

**Un sens critique**

N'hésitez pas à prendre le contrepied de votre propos pour montrer un certain recul par rapport à la question traitée.

Nathan live! Ressources à exploiter

+ Podcast de ce résumé d'exposé sur Nathan Live !

## Exemples de questions pouvant être posées par le jury 10 min

### Questions pouvant être posées par un professeur de spécialité

- Vous retrouvez-vous dans la description des *digital natives* que vous évoquez ? Pourquoi la motivation améliore-t-elle la productivité ?
- Connaissez-vous la pyramide de Maslow ?
- Vous parlez des *soft skills*, quelle en est la définition ?
- Connaissez-vous d'autres « *skills* » ?
- Vous parlez de « transformations profondes » dans votre conclusion. Qu'entendez-vous par là ?
- S'il fallait résumer, qu'apporte la QVT par rapport aux conditions de travail ?
- Si on essayait de rendre du recul : quel lien faites-vous entre la QVT et la performance financière à court terme ? À long terme ?
- Que sont les négociations annuelles ?
- Quel est le rapport entre la QVT et la RSE selon vous ?

### Questions pouvant être posées par un professeur d'une autre spécialité

- Je ne connaissais pas le terme de « tiers lieu de travail ». Pourriez-vous m'éclairer ?
- Qu'est-ce que la culture d'entreprise ?
- Comment définiriez-vous la productivité ?
- Qu'est que l'ANI de 2013 ?
- Pouvez-vous nous donner des exemples concrets d'actions QVT que peut mettre en place une entreprise ?
- Connaissez-vous des entreprises réputées pour leur politique QVT ?
- Avez-vous entendu parler de ce qu'on appelle des « *happy officer* » ?
- Quand vous travaillerez, selon vous, serez-vous plus motivé(e) par la QVT ou par votre salaire ?
- Pensez-vous que le télétravail soit une amélioration ou une dégradation de la QVT ?
- Avez-vous envie de travailler dans le domaine des ressources humaines ?
- Si oui, quelles formations envisagez-vous de suivre après votre baccalauréat ?
- Si vous aviez le choix, quel poste rêveriez-vous d'occuper à l'avenir ? Dans quelle entreprise ou type d'entreprise ?
- Quelles sont les *soft skills* pour être un bon manager dans le domaine des ressources humaines ? Pensez-vous disposer de certaines de ces *soft skills* ?

SUJET 5

# En quoi la responsabilité sociétale des entreprises (RSE) impacte-t-elle la répartition du bénéfice et les pratiques comptables ?

## Le contexte

→ Expliquez le contexte de la question

- Les sociétés ont toujours été confrontées à un choix complexe : comment répartir les bénéfices réalisés lors de l'exercice comptable ? Une partie est reversée aux apporteurs de capitaux pour rémunérer leur investissement, l'autre est conservée dans l'entreprise pour respecter la législation concernant les réserves légales ou augmenter la capacité d'autofinancement. Cet arbitrage a des conséquences importantes sur la survie de l'entreprise et sa capacité à lever des fonds sur les marchés.
- Un modèle théorique *(shareholder / stakeholder)* structure cette problématique et l'élargit au partage des richesses générées par l'entreprise entre les parties prenantes. Ce modèle conceptualise la priorité donnée lors de ce partage.
- La généralisation de la RSE dans les préoccupations de la société civile impacte ce partage et fait peser de nouvelles obligations sur les personnes chargées de la gestion et de la comptabilité des entreprises. Un consensus se forme autour de nouvelles règles de communication comptable, financière et extra-financière, pour intégrer les responsabilités sociales et environnementales des entreprises.

### DOC. 1. Le modèle *shareholder / stakeholder*

La gouvernance d'entreprise se préoccupe surtout de la relation entre les propriétaires et les managers, et de la mesure du retour sur investissement pour les propriétaires, mais reste aussi marquée par le souci de l'équilibre entre les intérêts de l'ensemble des parties prenantes (actionnaires, salariés, fournisseurs, clients, etc.).

On distingue généralement deux grands modèles de gouvernance de l'entreprise.

Dans l'optique *« stakeholders »*, l'entreprise est considérée comme une organisation composée de différentes « parties prenantes » (appelées *stakeholders*), incorporant les actionnaires, les salariés, les fournisseurs, les clients, etc. Chacun de ces groupes a des intérêts qui lui sont propres et qui peuvent être opposés à ceux des autres.

Dans l'optique *« shareholders »*, la gestion de ses actifs et le comportement de ses dirigeants et de ses salariés vont bien dans le sens des objectifs tels qu'ils ont été définis par les actionnaires et eux seuls. Le modèle *shareholder* ne diminue pas l'importance qu'ont les autres parties prenantes, mais distingue clairement l'objectif (la maximisation de la rémunération des actionnaires) et les moyens pour atteindre cet objectif (la satisfaction des intérêts des autres « parties prenantes » de l'entreprise).

J.-P. Biasutti, L. Braquet, *Comprendre l'entreprise*, Ellipses, 2013.

## Tout au long de l'année

### → Préparez la question tout au long de l'année

- Revoyez vos cours de spécialité SDGN en Première sur la valeur ajoutée et les valeurs financières sociales partenariales.
- Reprenez vos cours de spécialité MSDGN sur le financement des entreprises et les nouvelles attentes des acteurs.
- En enseignement spécifique gestion/finance, concentrez-vous sur les choix d'affectation du résultat.

### Ressources utiles

**DOC 2. Norme ISO 26000 et nouvelle gouvernance**

Publiée le 1er novembre 2010, cette norme vient compléter la démarche de l'ISO 9001 (qualité) et l'ISO 14001 (environnement) en apportant des lignes directrices pour la RSE. Elle permet à toute organisation d'acquérir une méthodologie pour intégrer le développement durable dans sa stratégie.

En revanche, l'ISO 26000 ne fait l'objet d'aucune certification. Il ne s'agit pas non plus d'un système de management à proprement parler puisqu'elle ne fait que proposer des lignes directrices aux organisations pour les aider à passer des bonnes intentions aux bonnes actions, le but étant de fonctionner sur un mode socialement responsable.

**La gouvernance de la structure**
- Participation aux décisions
- Mécanismes d'expression

**Droit de l'Homme**
- Devoir de vigilance
- Remédier aux atteintes aux droits de l'Homme

**Relations et conditions de travail**
- Conditions de travail et protection sociale
- Dialogue social

**Environnement**
- Prévention de la pollution
- Utilisation durable des ressources

**Loyauté des pratiques**
- Concurrence loyale
- Lutte contre la corruption

**Questions relatives aux consommateurs**
- Consommation durable
- Protection de la santé et de la sécurité

**Communauté et développement local**
- Implication auprès des communautés
- Création de richesses et de revenus

*labelsetterritoires.eu. D'après* https://labelsetterritoires.eu/img/pict/iso26000-2.jpg

### DOC. 3. Norme ISO 26000 et RSE

L'ISO 26000 nous apporte une définition précise de la RSE : « La responsabilité d'une organisation vis-à-vis des impacts de ses décisions et activités sur la société et sur l'environnement, se traduisant par un comportement éthique et transparent qui :

- contribue au développement durable ;
- prend en compte les attentes des parties prenantes ;
- respecte les lois en vigueur tout en étant en cohérence avec les normes internationales de comportement ;
- est intégré dans l'ensemble de l'organisation et mis en œuvre dans ses relations. »

Intégrer une démarche RSE à la stratégie de son organisation, c'est avant tout développer des partenariats gagnant-gagnant avec ses parties prenantes.

*labelsetterritoires.eu*

### DOC. 4. Les difficultés d'une nouvelle gouvernance

De plus en plus souvent, l'entreprise ne doit plus rendre des comptes à ses seuls actionnaires mais à un ensemble de parties prenantes. [...] Ce changement de modèle pose certaines difficultés : comment organiser le gouvernement d'entreprise pour réaliser un tel rééquilibrage [...] ?

Les modèles multi-parties prenantes sont confrontés à – au moins – trois grandes difficultés [...] :

- Devoir composer avec des attentes et des redevabilités multiples.
- Une responsabilité élargie risque de ne plus être responsable auprès de qui que ce soit.
- Difficulté de tenir le cap dans la durée et générer de la clarté et de la confiance.

Face à ces trois grandes difficultés auxquelles sont confrontés les conseils d'administration (CA), [...] nous estimons que la gouvernance joue un rôle primordial au sens premier du terme. [...]

Dès 1954, Peter Drucker donnait ce qui reste encore aujourd'hui l'une des meilleures définitions de la responsabilité sociale d'une entreprise : « Une bonne RSE consiste à transformer un problème social en une opportunité économique grâce à un bénéfice économique pour le client, des emplois plus riches et mieux rémunérés pour les employés, et des richesses pour les parties prenantes ». [...]
Nous identifions plusieurs pratiques d'une gouvernance facilitant un rééquilibrage vers plus de parties prenantes ayant des objectifs souvent contradictoires.
L'ordre du jour des réunions de la Direction et du CA doit rappeler l'importance de la raison d'être de l'entreprise au travers des points à traiter et des décisions à prendre. [...]

La structure de la gouvernance et les procédures du Conseil sont également essentielles. [...] La présence de représentants des salariés au sein des Conseils ou l'existence d'un Comité des parties prenantes semblent donc être pleines de bon sens.

S. Thevoux Chabuel, « Du *shareholder* au *stakeholder* : comment organiser le gouvernement d'entreprise ? », *www.revue-banque.fr.*

## DOC. 5. La performance globale

Pour parvenir à leur performance, les PME ont tout intérêt à appréhender leur stratégie en RSE d'une manière globale. C'est ce qu'on appelle la performance globale. Afin d'aider les entreprises dans la quête de cette performance globale, des organismes ont développé des outils axés sur la comptabilité. [...] En optant pour une approche globale, l'entreprise peut prendre en compte les impacts positifs et négatifs de son activité sur l'environnement et sur la société. [...]

> « Une entreprise qui agit d'une façon responsable réalise une performance globale lorsqu'elle atteint les objectifs fixés en concertation avec ses parties prenantes sur les dimensions sociale, environnementale, économique et sociétale de la RSE. »
>
> ADEME (Agence de la transition écologique)

**Performance économique, performance personnelle du dirigeant et performance durable**

On peut dresser une typologie de la performance :

- la performance économique se consacre avant tout à la croissance et à la santé financière de la structure. Elle s'intéresse à la satisfaction du besoin de la clientèle et à la qualité du produit ou du service rendu ;
- la performance personnelle du dirigeant est axée sur la reconnaissance sociale, le patrimoine personnel et la qualité de vie ;
- la performance durable repose sur un équilibre entre la santé financière de l'entreprise, la gestion respectueuse de l'activité au regard de l'environnement et l'implication sociale.

**Une représentation de la performance globale de la comptabilité**

Une étude [menée par France Stratégie en mars 2016] met en avant l'importance de la comptabilité et de l'expert-comptable dans la stratégie RSE.

- **Un langage financier incomplet** : l'entreprise a, dans un premier temps, tendance à quantifier son activité et donc se diriger vers une approche essentiellement économique. L'étude sur le capital humain a permis de démontrer un lien entre la performance globale et la finance. Mais privilégier le langage financier reste insuffisant. Il faut compléter l'approche financière par une approche monétaire, quantitative et qualitative. Et ce, afin d'établir un dialogue social avec les parties prenantes dans le milieu de la comptabilité.
- **Agir à l'échelle de son territoire** : les normes comptables sont modulables d'un territoire à l'autre. L'entreprise a intérêt à prendre en compte son territoire comme échelle d'actions. C'est aussi une échelle qui permet de mieux intégrer ses parties prenantes externes et internes dans le dialogue social de sa performance.

**La performance durable avec le kit enviro-compta**

L'ADEME a mobilisé des experts-comptables de l'Ordre des experts-comptables pour développer un kit enviro-compta à disposition des PME. En mobilisant ces acteurs, l'ADEME souhaite créer un dialogue entre les experts de la finance et les professionnels du développement durable. [...] Comme la RSE n'est pas une priorité pour les experts-comptables, cet outil a été conçu avec des documents connus de ces experts. [...] Il a pour utilité d'informer et de sensibiliser les experts-comptables des risques environnementaux et des conséquences sociales et sociétales. [...]

Une fois que les experts ont pris connaissance de ce kit, ils vont pouvoir proposer plusieurs missions, allant du conseil à l'accompagnement, ou tout simplement des missions exigées par la législation.

M. Laperrouze, « Pour une comptabilité adaptée à recherche de la performance globale et à la RSE », *youmatter.world.fr*.

## DOC. 6. *Reporting* extra-financier : identification et gestion des risques

Le rapportage extra-financier consiste pour une entreprise à communiquer sur les implications sociales, environnementales, sociétales de ses activités ainsi que sur son mode de gouvernance. Il constitue un fondement important de la politique de RSE de l'entreprise vis-à-vis de ses parties prenantes, des citoyens et de l'État.

[...] Dans ce cadre, la déclaration de performance extra-financière doit présenter, pour les risques sociaux, environnementaux et sociétaux les plus pertinents (principe de matérialité) :

- une description des principaux risques liés à l'activité de la société ;
- une description des politiques appliquées [...] pour prévenir, identifier et atténuer la survenance de ces risques ;
- les résultats de ces politiques, incluant des indicateurs clés de perforsmance (ICP).

Les risques concernent ceux engendrés par l'entreprise sur son environnement (émissions de polluants atmosphériques, surexploitation des sols...), mais aussi ceux qu'elle peut subir (prix en hausse des matières premières ou difficultés d'approvisionnement, épuisement des ressources naturelles, changement climatique, risque naturels ou technologiques...). [...]

Plusieurs guides et modèles existent pour aider les entreprises à élaborer leur rapport extra-financier.

« Le rapportage extra-financier des entreprise », *www.ecologie.gouv.fr.*

## DOC. 7. Les entreprises intègrent davantage la RSE

La part des sociétés formalisant une démarche RSE assortie d'objectifs quantitatifs continue de progresser :

**+ 5 pts par rapport à 2019**

80 entreprises (sur les 100 du panel) ont formalisé une stratégie, une démarche ou une feuille de route RSE (ou développement durable) pluri-annuelle

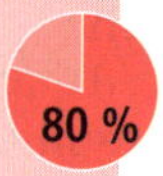


La quasi-totalité de ces démarches ou feuilles de route RSE sont établies sur des durées de 3 à 5 ans. Des ambitions à plus long terme peuvent être également présentées, notamment en matière climatique (horizons 2030, 2040 ou 2050).

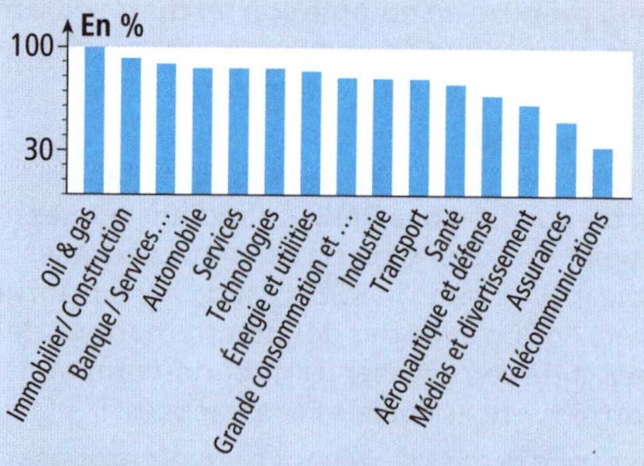


**Part des entreprises de chaque secteur** (au sein du panel d'étude) **ayant formalisé une démarche RSE**

Quel que soit le secteur d'activité, les entreprises du panel mettent en place des feuilles de route RSE pluri-annuelles.

*NB : le nombre d'entreprises du panel par secteur n'est pas toujours représentatif du secteur.*

D'après *www.medef.com.*

# Le jour J

40 min

## Exemple de support

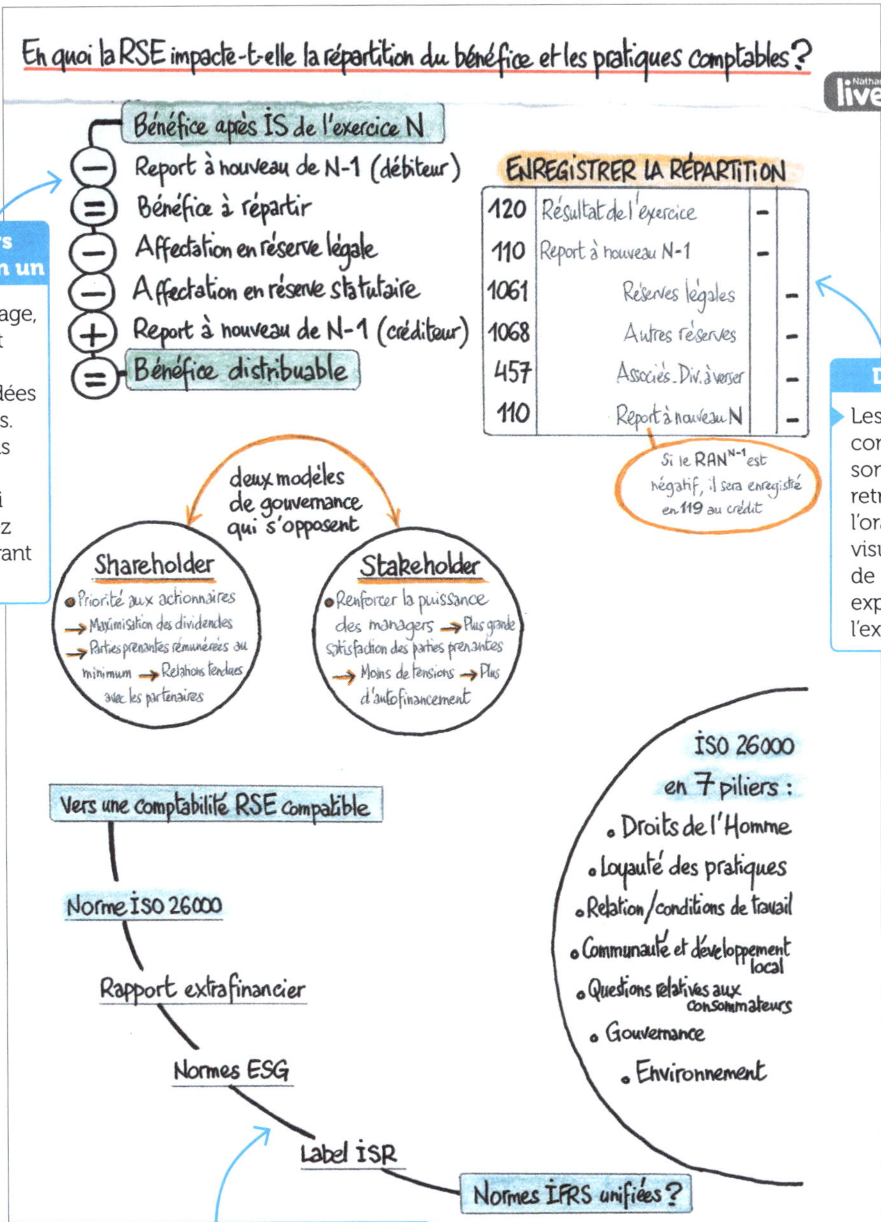


**Plusieurs supports en un**

Sur cette page, se trouvent en réalité plusieurs idées de supports. C'est à vous de décider ce sur quoi vous voulez insister durant l'exposé.

**De la clarté**

Les écritures comptables sont difficiles à retranscrire à l'oral. Un support visuel permettra de mieux les expliquer lors de l'exposé.

**Illustrez les enchaînements**

Donner un sens à votre progression permet de comprendre la trame de votre exposé.

**Tendez des perches**

Certains acronymes ne sont pas traduits pour inciter le jury à poser des questions que vous aurez préparées.

## Résumé d'exemple de présentation orale

*Attention : le résumé de cette présentation orale dure environ 5 minutes, soit la moitié du temps prévu pour l'exposé oral.*

### En quoi la responsabilité sociétale des entreprises (RSE) impacte-t-elle la répartition du bénéfice et les pratiques comptables ?

Pour être honnête avec vous, ce n'est pas moi qui ai choisi ma question, c'est elle qui m'a choisi(e). Lors d'une activité réalisée en Gestion/Finance, nous devions résoudre un cas sur la répartition du bénéfice et analyser ces résultats après avoir passé les écritures comptables. Les répercussions de ces choix m'ont vraiment interpellé(e), et notamment leurs effets sur les RSE. J'ai donc souhaité approfondir mes connaissances. J'ai lu de nombreuses publications qui évoquaient le modèle *shareholder / stakeholder*. J'ai remarqué que de nombreux enseignements reposaient sur cette opposition. Il m'a dès lors paru évident de travailler sur ce thème pour l'une de mes questions du Grand oral.

**Accroche personnalisée**

Utilisez votre expérience personnelle pour attirer l'attention du jury et vous démarquer des autres candidats.

Comme point de départ, il y a le calcul du bénéfice distribuable que vous trouverez sur mon support et que nous pourrons aborder plus tard. Je vais aborder dans un premier temps les enjeux concernant l'affectation du bénéfice distribuable. Puis je finirai par parler de l'impact de la RSE sur cette répartition et les obligations comptables.

**Structurer son oral**

Utilisez des connecteurs logiques pour guider le jury dans la compréhension de votre prestation.

D'abord, les enjeux de chacun de ces choix sont majeurs.

**Appuyer sur des mots**

Insistez de la voix, voire des mains sur des termes et faites une pause ensuite afin d'en montrer l'importance.

Si l'on favorise le versement de dividendes, les actionnaires seront satisfaits, cela attirera de nouveaux financements et augmentera la capitalisation boursière. Mais les investissements seront restreints, un risque de perte de compétitivité par rapport aux concurrents apparaîtra, faisant courir un risque de perte de confiance des investisseurs et une chute du cours de l'action.

Si, au contraire, on choisit de favoriser les réserves, les capacités d'autofinancement seront plus fortes. Cela permettra d'accroître la solidité de l'entreprise car elle disposera de plus de capitaux propres et de renforcer la confiance des investisseurs, augmentant ainsi le cours de la Bourse à moyen et long termes. En revanche, cela risque de provoquer le mécontentement des actionnaires, susceptibles dès lors de revendre leurs actions, provoquant une chute du cours de l'action à court terme.

J'ai découvert, lors de mes recherches, que les conséquences des choix de l'entreprise ont fait l'objet d'études portant sur la gouvernance des entreprises. Il s'agit du modèle *shareholder / stakeholder*.

Celui-ci consiste à admettre que le dirigeant est face à un dilemme :
– satisfaire les actionnaires, qui recherchent la maximisation des dividendes versés ;
– favoriser les parties prenantes de l'entreprise, qui se partagent la valeur ajoutée et souhaitent maximiser leurs intérêts individuels.

J'ai alors repensé à la notion de valeur partenariale, abordée en 1re/SDGN. Cette dernière permet de valoriser la RSE (Responsabilité Sociétale des Entreprises) et encourage le dépassement de la finalité lucrative. Elle permet ainsi d'intégrer la protection de l'environnement et de l'humain au fonctionnement de l'entreprise. Par conséquent, il semble dès lors nécessaire de l'intégrer aux exigences comptables de l'entreprise.

**Les transversalités**

Mentionnez précisément les transversalités avec les autres matières / spécialités pour valider votre sujet et démontrer votre implication.

La RSE s'impose comme une attente de nombreux acteurs : consommateurs (bio, développement durable, commerce équitable...), salariés (QVT) voire électeurs écologistes...

J'ai voulu comprendre comment cette notion s'intègre à la gestion comptable des entreprises, d'autant plus que la loi vient d'officialiser ces pratiques. Trois textes en particulier ont retenu mon attention.

La norme ISO 26000 tout d'abord. Publiée en 2010, elle englobe sept domaines faisant apparaître les engagements RSE d'une entreprise, comme vous pouvez le voir sur le support que je vous montre. Mais attention, cette norme n'est pas certifiable car il n'existe pas de cahier des charges précis. Ce ne sont que des pistes d'amélioration des pratiques des entreprises. De plus, les critères ESG sont pris en compte dans l'investissement durable des entreprises qui se développent rapidement.

**Faire référence au support**

Montrez au jury votre support pour mettre en avant votre travail.

Mais il existe aussi une loi, plus contraignante, qui impose aux entreprises de communiquer sur les conséquences de la RSE, il s'agit du *reporting* extra-financier. Obligatoire en France depuis 2017, il remplace, de manière plus structurée, le rapport RSE. C'est un outil prospectif qui contient quatre parties : présentation du *business model*, analyse des risques sociaux et environnementaux, politique mise en œuvre pour les gérer et compte rendu des actions menées. J'ai consulté ceux de Décathlon et de Total. J'ai été frappé(e) par la transparence et la complétude des informations que contiennent les leurs. Mais, il ne faut pas occulter le risque de *greenwashing* et de *RH washing*.

Pour conclure, on ne peut que constater que la comptabilité RSE n'existe pas encore, même si de nombreuses initiatives vont dans ce sens. Les enjeux sont majeurs. Au-delà des écritures sur le partage du bénéfice et de ses enjeux, j'espère qu'émergeront un jour des outils comptables formalisés aptes à mettre au premier plan la protection de l'environnement et le bien-être de l'humain.

J'en ai terminé, j'espère que vous avez pris autant de plaisir à m'écouter que moi j'en ai eu à travailler ce sujet.

**Savoir finir**

Prévoyez une phrase pour informer le jury que vous en avez fini et que vous êtes prêt(e) pour la suite de l'épreuve.

Nathan live! — **Ressources à exploiter**

+ Podcast du résumé de cet exposé sur Nathan Live !

## Exemples de questions pouvant être posées par le jury 10 min

### Questions pouvant être posées par un professeur de spécialité

- Pourriez-vous me rappeler la signification d'un RAN positif ?
- Comment le résultat d'une entreprise est-il calculé ?
- Quelles sont les différentes performances influençant la performance globale ?
- Comment les parties prenantes d'une organisation sont-elles classifiées ?
- Pour quelles raisons l'entreprise voudrait-elle constituer des réserves facultatives ?
- Comment les écritures comptables du versement de dividendes sont-elles passées ?
- Qu'est-ce que l'intéressement ?
- Que sont les critères ESG ?

### Questions pouvant être posées par un professeur d'une autre spécialité

- Qu'est que la RSE ?
- Je ne comprends pas la notion de partie prenante, pourriez-vous éclaircir ce point ?
- Pourquoi les actionnaires sont-ils intéressés par les dividendes ?
- Vous avez évoqué l'entreprise à mission (ou la loi Pacte), de quoi s'agit-il ?
- Selon vous, les salariés sont-ils plus intéressés par la QVT ou par leur rémunération ?
- Que pouvez-vous nous dire des *reporting* extra financiers de Décathlon et Total ?
- Qu'est-ce que le *greenwashing* ?
- Qu'est-ce que le *RH washing* ?
- Avez-vous déjà une idée des débouchés après des études courtes dans le domaine de la comptabilité ?
- Avez-vous une idée de poursuites d'études dans le domaine de la gestion comptable ?
- Un métier dans le domaine de la RSE pourrait-il vous intéresser ?

# Autres sujets possibles

## MSDGN / Mercatique

- En quoi le *big data* permet-il d'améliorer la fidélisation des clients ?
- La communication digitale est-elle l'avenir des entreprises ?
- En quoi les transformations numériques modifient-elles les relations client ?
- Quels sont les enjeux éthiques du *big data* ?
- En quoi la distribution omnicanale est-elle une réponse aux nouvelles attentes des consommateurs ?
- Le modèle du *freemium* est-il l'avenir des entreprises ?
- Une démarche éthique contribue-t-elle à fidéliser la clientèle ?
- La labellisation d'origine influence-t-elle le comportement d'achat du consommateur ?
- En quoi le *big data* influence-t-il le plan de marchéage de l'entreprise ?
- Quels sont les enjeux du phygital ?

▲ ***Data center*** **de Facebook en Suède.**

**Rappel**

Pensez à vos questions dès le début de l'année.

## MSDGN / RHC

- En quoi la GPEC permet-elle de tenir compte des attentes des salariés ?
- En quoi les transformations numériques permettent-elles une meilleure cohésion sociale ?
- Dans quelles mesures l'émergence des nouvelles générations influence-t-elle les pratiques RH ?
- En quoi la communication digitale impacte-t-elle les pratiques RH ?

▲ ***Open space*** **dans une entreprise.**

- La qualité de vie au travail (QVT) est-elle compatible avec la performance globale de l'entreprise ?
- En quoi les nouvelles attentes des salariés modifient-elles la procédure de recrutement ?
- Comment la rémunération globale peut-elle être un levier de motivation ?
- Quels sont les enjeux de la Responsabilité Sociale et Environnementale sur le recrutement des entreprises ?
- À quelles conditions le dialogue social peut-il renforcer durablement la cohésion ?
- Dans quelle mesure la notion de marque employeur est-elle un outil exclusivement RH ?

## MSDGN / Gestion-Finance

- Les outils de gestion prévisionnelle permettent-ils d'améliorer le pilotage de l'entreprise ?
- Dans quelle mesure les procédures et les outils de contrôle contribuent-ils à la qualité de l'information comptable ?
- La répartition des bénéfices entre les acteurs impacte-t-elle son développement ?
- Quels sont les enjeux du choix de financement ?
- Dans quelle mesure les différentes méthodes de calcul de coûts sont-elles des outils de management stratégique ?
- Quels sont les enjeux de la démarche budgétaire ?
- L'autofinancement est-il toujours l'outil privilégié pour investir dans une entreprise ?
- Une Petite et Moyenne Entreprise (PME) rencontre-t-elle des contraintes quant aux leviers utilisables pour accroître sa rentabilité ?
- En quoi le contrôle des informations comptables liées aux tiers est-il vital ?
- RSE et pratiques comptables, une alliance contre nature ?

**Accrochez**

La formulation de vos questions peut être accrocheuse, à la manière de certains articles de presse.

Ce livre est imprimé sur du papier issu de forêts gérées durablement.

N° de projet : 10298591 - Dépôt légal janvier 2022
Achevé d'imprimer en février 2024 par Estimprim 25110 Autechaux